FANTASY

Im Goldmann Verlag liegen bereits
folgende Bände der DRACHENLANZE-Saga vor:

Die Chronik der DRACHENLANZE

1. Drachenzwielicht (24510) • 2. Drachenjäger (24511) • 3. Drachenwinter (24512) • 4. Drachenzauber (24513) • 5. Drachenkrieg (24516) • 6. Drachendämmerung (24517)

Die Legenden der DRACHENLANZE

1. Die Brüder (24527) • 2. Die Stadt der Göttin (24528) • 3. Der Krieg der Brüder (24530) • 4. Die Königin der Finsternis (24531) • 5. Der Hammer der Götter (24533) • 6. Caramons Rückkehr (24534)

Die Geschichte der DRACHENLANZE

1. Die Zitadelle des Magus (24538) • 2. Der Magische Turm (24539) • 3. Die Jagd des Toede (24540) • 4. Der Zauber des Palin (24541) • 5. Der edle Ritter (24542) • 6. Raistlins Tochter (24543)

Das Heldenlied der DRACHENLANZE

1. Das Ehrenwort (24587) • 2. Verrat unter Rittern (24589) • 3. Das Schwert des Königs (24591) • 4. Heldenblut (24593) • 5. Unter dunklen Sternen (24594) • 6. Die Stunde des Skorpions (24595)

Der Bund der DRACHENLANZE

1. Ungleiche Freunde (24602) • 2. Die Erben der Stimme (24603) • 3. Die Stunde der Diebe (24604) • 4. Finstere Pläne (24605) • 5. Das Mädchen mit dem Schwert (24606) • 6. Verspätete Rache (24607) • 7. Schattenreiter (24673) • 8. Das Siegel des Verräters (24674) • 9. Stahl und Stein (24675) • 10. Das Schloß im Eis (24676) • 11. Der Zauber des Dunkels (24677) • 12. Die Jäger der Wüste (24678)

Weitere Bände in Vorbereitung.

TINA DANIELL

Der Bund der Drachenlanze 5

DAS MÄDCHEN MIT DEM SCHWERT

Aus dem Amerikanischen
von Imke Brodersen

DRAGONLANCE™

GOLDMANN VERLAG

Das Buch erschien im Original unter dem Titel
»Dragonlance Saga, Meetings Sextet,
Volume Three: Dark Heart/Chapter 1–«
bei TSR, Inc., Lake Geneva, WI, USA

Umwelthinweis:
Alle bedruckten Materialien dieses Taschenbuches
sind chlorfrei und umweltschonend.
Das Papier enthält Recycling-Anteile.

Der Goldmann Verlag
ist ein Unternehmen der Verlagsgruppe Bertelsmann

Deutsche Erstveröffentlichung 6/95

Published in the Federal Republic of Germany
by Wilhelm Goldmann Verlag, München
Deutschsprachige Rechte beim
Wilhelm Goldmann Verlag, München
Umschlaggestaltung: Design Team München
Umschlagillustration: TSR/Schlück, Garbsen
Satz: deutsch-türkischer fotosatz, Berlin
Druck: Elsnerdruck, Berlin
Verlagsnummer: 24606
Redaktion: Andreas Helweg/SN
Herstellung: Peter Papenbrok
Made in Germany
ISBN 3-442-24606-7

3 5 7 9 10 8 6 4 2

Für Connie und Hank.
Mein Dank gilt Jim Lowder,
der meinem Manuskript den letzten Schliff
gegeben hat, Mary Kirchoff für ihren
Vertrauensvorschuß und Pat McGilligan
für seine Geduld und die fundierte,
wenn auch nicht immer gern
gehörte Kritik.

GWYNNED
N
SÜDERGOD
SLIG-HÖHLE
OSTHAFEN
VOCALION
DALTIGOD
SILVAMORI
DUALIMORI
0
80
KM

SOLANTHUS
BURG THELGAARD
SOLAMNIA
GARNET
LEMISCH
KARGOD
SCHALLMEER INSEL
ROUTE DER »SILBERHECHT«
MANTILLA-TAL
ABANASINIA
NEUE SEE
NEUKÜSTE
XAK TSAROTH
SOLACE

Kapitel 1

Gregors Erbe

Kitiara Uth Matar stand im Schatten einer freistehenden Eiche auf einer kleinen Anhöhe über einem flachen Tal. Der Tag brach gerade an, und über dem hohen Gras der Wiese, die sich vor ihr erstreckte, hing morgendlicher Nebel.

Von den vertrauten Vallenholzbäumen Solaces war sie eine gute Tagesreise entfernt, und jetzt hatte sie zum ersten Mal die Möglichkeit, einen Blick auf das hügelige Gelände zu werfen, das sich von ihrem gemütlichen Dorf weit nach Westen hinzog.

Als sie am Abend zuvor das Lager erreicht hatten, war es schon dunkel gewesen, und es hatten keine einladenden Lagerfeuer gebrannt. Die Soldaten wollten nicht riskieren, ihre Stellung zu verraten.

Als sie in das Lager hineingeritten war, hatte Kit das gedämpfte Klirren von Waffen und Rüstungen gehört, die abgelegt wurden. Die unscharfen Umrisse von Männern und anderen Wesen hatten ihre Decken zum Schlafen ausgerollt.

Kit selbst war gar nicht müde gewesen. Ihre Nerven waren bis zum Äußersten angespannt – ein neues, nicht unangenehmes Gefühl – Aufregung mit einem Quentchen Angst. Sie würde ihre erste Schlacht erleben!

Als Gregor Uth Matar sich jedoch geschmeidig von Cinnamon, seiner wertvollen braunen Stute, geschwungen und einem wartenden Knappen die Zügel in die Hand gedrückt hatte, war auch Kit von ihrem kleineren Pferd geklettert, um ihn nicht zu verlieren. Sie wollte sich nicht allzu weit aus dem Schutz dieses großen, eindrucksvollen Kriegers, der ihr Vater war, entfernen.

Der lief zügig auf die einzige Lichtquelle im Lager zu, eine abgeblendete Laterne im Zelt des Befehlshabers der Truppe. Nolan von Vinsen war – Gregor zufolge – nicht viel mehr als ein einfältiger Bauer, und Gregor hatte wenig Verwendung für Bauern und andere, zu deren Arbeit es nicht auch gehörte, ein Schwert zu führen.

Doch es war Nolan, der die fünf Mann starke Miliz der reichen Bauerngemeinde Vinsen anführte, und Nolan hatte die Hüter des Dorfes schließlich auch davon überzeugt, in die Taschen zu greifen und eine Söldnertruppe zu bezahlen, die die Ansässigen gegen das Heer der plündernden Barbaren verteidigen sollte, welches sie seit über einem Jahr in Angst und Schrecken versetzte. Also hatte er zumindest offiziell das Kommando.

Nachdem er sich etwas umgehört hatte, hatte Nolan von Gregor erfahren und ihn aufgesucht und angeheuert. Dann hatte Gregor an die fünfzig weitere wackere Kämpen rekrutiert. Außerdem hatte er Nolan geraten, nach Burek zu schicken, dem Anführer einer Minotaurentruppe mit Sitz in Kargod, die sich als Söldner verdingten. Wenn Nolan die Überfälle beenden wollte, indem er Flinkwasser und seine verfemten Gefolgsleute tötete, würde es nützlich sein, Minotauren auf seiner Seite zu haben, hatte Gregor erklärt.

»Ich habe von diesem Flinkwasser gehört«, erzählte Gregor seiner Tochter, als sie durch das stille Lager liefen. »Er ist ein Wilder, schlimmster menschlicher Abschaum. Es heißt, daß er ohne Kopf kämpft – und auch ohne Herz. Bei einem solchen Gegner sind die Minotauren ihren Preis wert. Seine primitive Wildheit wird sie wütend machen, und sie werden kämpfen bis zum Letzten.«

Als sie Nolans Zelt erreichten, wies Gregor Kitiara an, draußen zu warten. Sie kroch so nah wie möglich an das Licht heran, das unter der Türklappe des Zelts herausdrang, und blinzelte hinein. Sie sah ihren Vater mit dem Rücken zum Eingang vor einem Tisch stehen, auf dem eine große Karte ausgebreitet war. Nicht zum ersten Mal fand sie, daß Gregor der schönste Mann ihres Lebens war: Majestätisch und kräftig mit muskulösen Gliedmaßen und rabenschwarzen Haaren, die sich dicht um seinen Kopf lockten und seine Oberlippe mit einem üppigen Schnurrbart schmückten.

Gregor gegenüber stand auf der anderen Seite des Tischs ein blonder, glattrasierter Mann. Er trug eine grüne Bauerntunika, und sein Schwert steckte in einer Scheide, die er sich mit einer Schärpe ungeschickt vor den Bauch gebunden hatte. Nolan, dachte Kitiara.

Rechts neben Nolan trat auf ein Zeichen ihres Vaters jemand aus dem Schatten. Sie hielt den Atem an. Das Wesen überragte selbst Gregor, der über sechs Fuß groß war. Es trug einen schweren Ledergürtel, an dem bunte Edelsteine blitzten und in dem eine beeindruckende Vielzahl von Dolchen und anderen Waffen steckte, am auffälligsten darunter eine riesige Doppelaxt. Die zwei Hörner von jeweils mindestens zwei Fuß Länge, die aus seiner Stirn ragten, drohten die Spitze des Zelts zu zerreißen.

»Ein Minotaurus!« flüsterte Kit atemlos.

Ihr Vater hatte ihr viele Geschichten von diesen wilden, gnadenlosen Kämpfern erzählt, aber in ihren sieben Lebensjahren hatte sie in Solace, dem Dorf in den Baumwipfeln, noch keinen gesehen.

Burek, der Minotaurus, erläuterte mit tiefer, kehliger Stimme die Strategie für die Schlacht am nächsten Tag. Gregor und Nolan grübelten über der Karte. Irgendwann machte Gregor eigene Vorschläge für den Schlachtplan, von denen einige Burek offenbar nicht besonders gefielen. Nolan schlug sich unerwartet auf Bureks Seite, und Gregor, der vor unterdrücktem Ingrimm bebte, wandte sich gegen Burek. Er baute sich vor dem Minotaurus auf und redete heftig auf ihn ein. Burek wich nicht von seiner Meinung ab, doch auch Gregor gab nicht nach. Der Krieger bearbeitete Burek mit lauter Stimme und vor Wut rot angelaufenem Gesicht. Kitiara konnte sehen, wie die Punkte in den Augen ihres Vaters über dem Heben und Senken seines auffälligen Schnurrbarts tanzten.

»Red mir nicht von mutmaßlichen Situationen; gib mir den eisernen Würfel der Schlacht! Alles andere ist Blabla! Ich verwette mein Leben.«

»Pah! Ich sage, es ist besser, abzuwarten und zuzusehen. Dein Leben bedeutet mir nichts. Ihr Menschen habt es sowieso alle so eilig mit dem Sterben!«

»Wenn ich mal was sagen dürfte –«

»NEIN!«

Der Streit wurde heftiger. Er schien stundenlang so weiterzugehen.

Kitiara mußte eingeschlafen sein, während sie dort draußen vor dem Zelt auf dem Boden hockte. Sie erwachte, als Gregor sie liebevoll auf die Arme hob und mit ihr zu ihrem Nachtlager lief. Jetzt sah er gelassen aus, wie üblich um diese nächtliche Stunde, wenn alle Leute – und alle Streitereien – ruhten. Das kleine Mädchen lächelte seinen Vater verschlafen an, und er lächelte zurück. Ihre Gesichter waren sich so ähnlich. Beide zogen den rechten Mundwinkel immer ein wenig nach oben, was sie gleichzeitig charmant und durchtrieben wirken ließ.

»Morgen, meine kleine Kriegerin, morgen wirst du sehen, welche Macht und Wahrheit im Schwert liegt«, flüsterte Gregor Kit zu, während er eine Decke um sie feststeckte. Sie zitterte vor Vorfreude, rollte sich neben ihrem Vater zusammen und schlief wieder ein.

Es war noch dunkel, als Gregor Kitiara weckte. Die Sommernacht hatte sich nicht abgekühlt, und jetzt, vor der Morgendämmerung, hing die warme Luft schwer und feucht über dem Lager. Kit rieb sich die Augen und stand dann schnell auf. Sie band sich ihr geliebtes Holzschwert um, das Gregor ihr vor zwei Jahren von einem seiner Abenteuer mitgebracht hatte. Kitiara hatte mehr als vorübergehendes Interesse an dem Spielzeug gezeigt, so daß Gregor anfing, sie zur Kriegerin auszubilden.

Das Schwert paßte zu Kitiaras Größe und hatte eine äußerst scharfe Spitze. Gregor hatte die kostbare Übungswaffe mit Wappen und Siegeln verziert. Zu Hause trug Kitiara es vom Aufstehen an, bis sie abends ins Bett kippte, ständig am Gürtel. Es gab nichts, was ihr ähnlich wichtig war.

Erst jetzt, mitten in den Vorbereitungen zu einer echten Schlacht, fand Kit ihr Schwert plötzlich kindisch. Sie wollte es abnehmen, doch Gregor, der schweigend zugesehen hatte, hielt sie auf.

»Es gibt Männer, die können ein echtes Schwert nicht so gut führen wie du dein hölzernes«, sagte Gregor. »Keine Sorge. Nicht mehr lange, dann bist du so erfahren, daß du jedes beliebige Schwert schwingen kannst. Schließlich«, sagte er, während seine Augen sie anblitzten, »bist du meine Tochter.«

Die Siebenjährige erwiderte das Grinsen, überprüfte dann eifrig Gregors Dolche, Schwert, Schild, Bogen und Köcher und half ihrem Vater dann in seine Rüstung. Seine Rüstung bestand aus Eisenteilen, die von Lederriemen und Bronzegelenken zusammengehalten wurden. Der Helm war relativ offen, weshalb Gregor besser zielen und sich kühner bewegen konnte.

Kitiara wirkte wie eine verkleinerte Ausgabe des eindrucksvollen Kriegers. Gregor hatte Kit die langen Haare abgeschnitten, nachdem er sie zu diesem Abenteuer aus dem Haus geschmuggelt hatte.

Mit dem dunklen, lockigen Haarschopf und dem schlanken, aber athletischen Körperbau mochte man sie für einen kleinen Jungen halten. Ihre Augen waren so braun wie die von Gregor, und selbst den zielstrebigen Gang hatte die kleine Kit ihrem Vater abgeschaut, was schon fast komisch wirkte.

Wenn andere Soldaten zu ihm kamen, stellte Gregor Kit mit den Worten »mein hartnäckiger Sohn« vor, wobei er ihr heimlich zuzwinkerte, wenn niemand hinsah. Sieben Jahre war früh, um einen Jungen ins Lager zu bringen, aber keiner seiner Kameraden hätte es verstanden, daß Gregor eine Tochter mitbrachte, denn Mädchen galten vor allem als Last.

Daran störte sich Kit nicht. Keinesfalls wollte sie lieber ein Junge sein. Ihr taten die Leute leid, die eine Person wegen ihres Geschlechts oder wegen der äußeren Erscheinung nicht ernst nahmen. Diesen Fehler würde sie bestimmt nie machen.

Während sie sich weiter für den Kampf rüsteten, bemerkte Kit eine gewisse Unruhe am Rand des Lagers. Im schwachen Licht der frühen Dämmerung kam es ihr so vor, als sähe sie einen Haufen Kinder herumlaufen.

»Guck mal, Vater, vielleicht kann ich heute abend mit einem von den Kindern da Fechten üben«, sagte sie und zeigte auf die Gestalten.

»Das sind keine Kinder. Das sind Gossenzwerge.« Gregor spuckte den Namen dieser rückständigen Rasse aus, als wäre er ein Schimpfwort. »Es ist erstaunlich, wie sie früher oder später immer auftauchen, ganz egal, welche Gefahr droht oder wo man sein Lager aufschlägt.«

Während Gregor noch sprach, war einer der Gossenzwerge so dreist und huschte herbei, um neugierig ihre Ausrüstung zu begutachten. Von dem kleinen Wesen ging ein unangenehmer Geruch aus. Gregor holte mit dem Fuß aus und versetzte dem Gossenzwerg einen Tritt, der ihn durch das halbe Lager fliegen ließ. »War nett, dich kennenzulernen!« hörte Kit das unglückliche Geschöpf noch im Flug schreien. Offenbar unbeschadet und unbeeindruckt rappelte der Gossenzwerg sich wieder auf und hüpfte in die entgegengesetzte Richtung davon.

Kit lächelte in sich hinein. Selbst Gossenzwerge trugen zu ihrem Spaß am Lagerleben bei. Doch gleich mußte sie sich wieder wichtigeren Angelegenheiten zuwenden, als Gregor anfing, ihr den Schlachtplan zu erklären.

Flinkwassers Gesetzlose hausten an einem dicht bewaldeten Hang am anderen Ende des Tals. Von dem Ort aus konnten die Räuber den Osten hervorragend überblicken.

In ihrem Rücken stieg der Hang steil an und bot dort wenig Deckung bis auf ein paar weit auseinanderliegende Felsen. Ein Angreifer hatte kaum eine Wahl.

Gregors Truppen standen einsatzbereit zwischen Felsen und Bäumen verstreut an einem steilen Hang im Süden. Bisher war es ihnen gelungen, unentdeckt zu bleiben.

Burek hatte warten wollen, bis der Sturm ausbrach, der sich zusammenbraute und die Banditen ablenken sollte, damit sie den Angriff vielleicht übersahen, erklärte Gregor. Dann hätte der ebenso stolze wie ungeduldige Minotaurus einen Frontalangriff anführen wollen, um Flinkwasser und dessen Leute möglichst aus ihrem Schlupfwinkel zu locken. Ein Teil der angeheuerten Truppen sollte zusätzlich einen Halbkreis schlagen und den Versuch unternehmen, Flinkwassers Lager trotz des ungünstigen Geländes von hinten anzugreifen.

Gregor war dagegen gewesen und hatte sich schließlich durchgesetzt. Zuverlässige Späher hatten dem Söldnerführer berichtet, daß die Barbaren jeden Morgen eine große Gruppe Plünderer losschickten, die häufig von Flinkwasser selbst kommandiert wurde. Gregor wollte, daß sich die Minotauren aufteilten und vorsichtig im Schutz der Bäume auf beiden Seiten des Tals bis direkt unter den Grat vorrückten, auf dem sich das Lager der Gegner befand.

Wenn die Gruppe für den Raubzug auf der Wiese auftauchte, sollten die Minotauren ihnen den Rückweg abschneiden, während Gregor und seine Getreuen von vorne kamen. Mit etwas Glück würde Flinkwasser in der eingekesselten Gruppe sein. Wäre der erst tot, würden seine direkten Anhänger wahrscheinlich in Panik geraten und in den Wald fliehen. Ein paar von Gregors Soldaten würden zwischen den Bäumen warten, um sie dort zu erledigen. Der Plan brachte die Minotauren zugegebenermaßen in eine schlechte Position, da sie sowohl im Nahkampf mit der Räuberbande stehen würden als auch einen Angriff von hinten zu erwarten hatten, wenn die, die in Flinkwassers Lager zurückgeblieben waren, sich dem Kampf anschlossen. Aber Gregors Truppen sollten von allen Seiten heftig angreifen und versuchen, die Minotauren aus der Schußlinie zu bekommen.

Burek hatte Gregors kühnem Plan schließlich zugestimmt. Als kriegerische Rasse hatten die Minotauren ihre riskante Aufgabe mit Würde angenommen. Bevor sie sich aufteilten, bemerkte Kit, daß die hünenhaften Wesen, die voller glitzernder Waffen hingen, gemeinsam niederknieten, um geflüsterte Schwüre auszutauschen, geheime Worte, die kein Mensch je hören durfte.

Die anderen Söldner beobachteten das Ritual respektvoll. Die langen Minuten des Schweigens waren fast unerträglich.

Dann erhoben sich die gut zwanzig Minotauren hinter Burek wie ein Mann und marschierten los. Ihnen folgten sehr feierlich Gregor und seine Männer. Kits Vater ritt ein geliehenes Streitroß, einen silbergrauen Hengst. Seine kostbare Cinnamon hatte er Kit dagelassen, damit sie – für den unwahrscheinlichen Fall ihrer Niederlage – ein zuverlässiges Tier für die Flucht hatte.

Ihr Vater schenkte ihr jetzt keinerlei Beachtung mehr. Seine Augen richteten sich entschlossen auf die vor ihm liegende Aufgabe. Die Lippen hatte er fest aufeinandergepreßt. Es war das erste Mal, daß Kit Gregor in die Schlacht ziehen sah, und so wie in dieser Szene würde sie sich immer an ihn erinnern: stolz, aufrecht, unbesiegbar.

Hinter ihnen trotteten – eigentlich nur als Rückversicherung – Nolan und seine kleine Gruppe von Freiwilligen aus dem Ort her. Im Gegensatz zu den Berufssoldaten umklammerten die Bauern grobe Keulen und Schaufeln und merkwürdige Gerätschaften. Aber im Kampf von Mann zu Mann, der dem ersten Aufeinandertreffen folgen würde, konnten die genauso tödlich sein.

Von ihrem Aussichtspunkt unter der Eiche, den Gregor für sie ausgesucht hatte, versuchte Kit angestrengt, die Minotauren auszumachen, die hinter den Büschen und den paar Bäumen am Rand des Tals durch das hohe Gras liefen. Doch sie konnte sie nicht entdecken.

Plötzlich hörte Kitiara in der stillen Morgenluft Pferde schnauben und wiehern. Vögel flogen aus dem Unterholz an der anderen Seite des Tals auf, und eine Gruppe von etwa vierzig Barbaren ritt einer nach dem anderen aus dem Wald, und zwar auf Vollblutpferden, die für ihre Schnelligkeit berühmt waren. Kitiara fragte sich, wie sich die Minotauren, die zu Fuß waren, wohl gegen sie durchsetzen würden.

Die Räuber saßen unbeschwert im Sattel. Aus der Ferne sah es für Kitiara so aus, als hätten sie Lederumhänge an, die mit bunten Federn geschmückt waren. Sie meinte auch, sie könnte den untersetzten, eingebildeten Häuptling Flinkwasser an der

Spitze sehen. Dann fiel ihr ein anderer aus der Horde auf. Als einziger war er wie ein Geist gekleidet und trug einen Mantel ganz ohne Verzierung oder Farbe. Von seinem Sattel baumelte ein Haufen Fläschchen und Tränke. Ein Zauberer, folgerte Kit.

Nachdem die Barbaren das Land schon über ein Jahr lang ohne nennenswerten Widerstand heimsuchten, achteten sie nicht mehr auf mögliche Gefahren. Die Reiter redeten kaum miteinander, nur die kleinen, nebenherlaufenden Hunde kläfften oder knurrten gelegentlich.

Als die Gruppe auf die offene Wiese kam, brachen Burek und seine Gefährten aus dem Nebel, der immer noch über den tieferen Bereichen des Tals hing. Bei ihrem wilden Gebrüll bäumten sich eine Reihe von Räuberpferden vor Schreck auf, und mindestens zwei Reiter verloren den Halt und wurden im anschließenden Durcheinander totgetrampelt.

Einer der Barbaren setzte eine hohle Kürbisflasche an die Lippen und sandte damit einen schrillen Hilferuf aus. Schon rannten ein paar Männer aus dem dichten Kiefernwald oben auf dem Sims hinter den Minotauren, weil die Aufregung sie aufmerksam gemacht hatte. Kitiara konnte sehen, daß andere Kämpfer an den Waldrand kamen und mit Pfeil und Bogen auf Burek und seine mutigen Männer zielten.

Als die ersten Pfeile lossausten, hörte Kitiara einen Ruf und sah eine Brigade Soldaten ihres Vaters an der Seite des Hangs hochpreschen, wodurch sie die Bogenschützen zum Rückzug zwangen. Gleichzeitig schwang sich die Verstärkung hinter den Büschen und Bäumen, wo sie sich versteckt hatte, auf die Pferde und griff die Vorhut der Barbaren von vorne an. Flinkwassers Männer, die nun voneinander geteilt waren, wichen überrascht zurück.

Rauch und Feuer zeigten, daß es dem Zauberer gelungen war, einen Spruch zu beschwören. Oben über dem Gewühl erhob sich eine gräßliche, bluttriefende Gestalt mit grausigen, gelben Reißzähnen. Kitiara wußte, daß es eine Illusion war, die einen vor Schreck lähmen und Gegner in Panik versetzen sollte. Gregor hatte diese Taktik aufgrund seiner Erfahrung in vielen Schlachten vorausgesagt. Er und viele seiner Männer hatten sich die Augen mit einer Flüssigkeit benetzt, die gegen den Spruch wirkte.

Zum Glück war Kitiara vorgewarnt gewesen und hatte ebenfalls ihre Augen geschützt. Sonst hätte sie die Angst nicht beherrschen können, die angesichts des greulichen Blutdings selbst auf diese sichere Entfernung in ihr hochstieg.

Sie hörte furchtbare Schreie. Ob sie von den Barbaren oder von Gregors Seite kamen, konnte Kit nicht genau feststellen. Alle steckten mitten im Kampfgetümmel.

Kitiara sah einen kühnen Kämpfer – sie meinte, es müßte ihr Vater sein – in die Spitze vorstoßen und einen Barbaren auf einem großen Pferd angreifen, der nicht nur einen Lederumhang, sondern auch einen federnbedeckten, gefleckten Helm trug. Nein, sie hatte sich vorher geirrt. Der Mann, dem Gregor gegenüberstand, nicht der arrogante Barbar, den sie eher entdeckt hatte, mußte Flinkwasser sein. Die beiden Männer beugten sich auf ihren Pferden vor und schlugen mit den Schwertern aufeinander ein.

Kitiara ließ die beiden nicht aus den Augen. Rauch und Lärm waren jetzt überall. Sie gab sich Mühe, das Paar nicht aus dem Blick zu verlieren; Gregor gab nicht nach, und Flinkwasser parierte Schlag um Schlag und zeigte, was in ihm steckte. Um sie herum tobte die Schlacht – voller Lärm und Raserei und Blut.

Fast unbewußt zog Kitiara ihr Holzschwert und begann, in der schweren Sommerluft anzugreifen und zu parieren und die Kämpfe auf dem Feld nachzuahmen …

»Aha! Nicht schlecht für so ein kleines Gerippe mit Holzschwert.«

Kitiara wurde durch den Klang einer Stimme und ein leises Bums hinter sich aus ihrem Tagtraum gerissen. Als sie herumfuhr, stand sie einem Mann mit dunkelblonden Haaren und glitzernden, dunklen Augen gegenüber. Er trug braune Hosen und eine enge Tunika. In einer Hand hielt er einen glänzenden, roten Apfel, die andere ruhte gelassen auf dem Griff seines Schwerts. Er sah aus, als wüßte er es zu gebrauchen.

»Wo kommst du denn her?« fragte sie herrisch, denn sie schämte sich ihrer Holzwaffe und war wütend, daß er sie überrascht hatte.

»Rüstest du dich zum Kampf, so vergiß nie, die Götter um ihren Segen zu bitten, und wenn deine Augen dabei nicht beschäftigt sind, dann schaue nach Feinden, die sich im Wald versteckt halten. Altes solamnisches Sprichwort. Überrascht mich, daß ein so wackerer Kämpe wie du es nicht kennt«, sagte der Fremde in spöttischem Ernst. Damit setzte er sich im Schneidersitz hin und biß hungrig in seinen Apfel. Er lächelte sie neckend an.

Weil sie keine Lust hatte, sich verspotten zu lassen, wurde Kitiara rot vor Zorn, bevor sie mit dem Schwert auf ihn zeigte. »Wenn du als Solamnier erzogen bist, dann wirst du wissen, daß du meine Forderung zum Kampf nicht ausschlagen kannst, ohne deine Ehre ernsthaft zu beflecken.«

»Vorausgesetzt, daß ich noch Ehre hätte, die ich beflecken könnte«, sagte er ungerührt, während er nochmals von dem Apfel abbiß.

Mit bemerkenswerter Kühnheit für ein achtjähriges Kind trat Kitiara vor und schlug dem Fremden den Apfel aus der Hand, indem sie mit der Breitseite ihres Schwerts auf seine Fingerknöchel hieb. Sein Lächeln verschwand, und er schürzte die Lippen ernst. Dann erhob er sich und baute sich vor ihr auf.

»Schade, daß du so wenig Respekt vor Erwachsenen hast«, sagte er bedauernd. »Da hat doch jemand versäumt, dir Manieren beizubringen. Ich werde das Versäumte mal nachholen.«

Er kam auf sie zu, aber Kit wich mit auf ihn gerichtetem

Schwert nach links aus und hielt ihn auf Abstand. Er umkreiste sie, wobei seine Miene genauso verstimmt war wie die ihre.

Obwohl sie höchstens halb so groß war wie er, war sie fest entschlossen, ihn zu durchbohren, ob Holzschwert oder nicht.

Der Fremde ließ die Schulter sinken und tat plötzlich, als wolle er nach seiner Waffe greifen, die noch in der Scheide steckte, woraufhin Kitiara angriff. Unerwartet ließ er sich fallen und rollte genau auf sie zu, um sie an den Knöcheln zu packen, bevor sie ihr Schwert einsetzen konnte. Im nächsten Augenblick war er schon wieder aufgesprungen und warf sich das tretende, schreiende Kind über die Schulter.

Ihr Holzschwert fiel zu Boden.

Ohne jede Anstrengung lief der Fremde zu ein paar Bäumen und stieß sie kräftig nach oben. Zu ihrem Erstaunen merkte Kitiara, daß sie wie ein Blatt in die Luft getragen wurde. Sie landete hoch über dem Boden in den krummen Zweigen eines Apfelbaums. Es dauerte einige Augenblicke, bis sie wieder zu Atem kam. Dann sah sie nach unten, wo der Fremde mit unnachgiebiger Miene zu ihr hochschaute.

»Nimm aber einen schön saftigen«, sagte der Fremde.

»Lieber sterb' ich!« schrie sie trotzig zurück.

Mit einer schnellen Bewegung hatte der Fremde sein Schwert gezogen und nach oben gestoßen, auf Kitiara zu. Trotz seiner Größe und Reichweite konnte das Schwert des Fremden sie nur gerade so eben erreichen, doch seine Spitze ratschte durch ihren Hosenboden. Sie beeilte sich auszuweichen, doch das hier waren nur Apfelbäume, keine mächtigen Vallenholzbäume, und über ihr gab es keine starken Äste mehr, auf die sie hätte fliehen können.

Indem sie sich so klein wie möglich machte, zog sich Kitiara an den Baumstamm zurück. Der Fremde reckte sich bloß etwas höher und riß ihr mit seiner Schwertspitze die Hosenbeine auf.

»Ts, ts, ts«, sagte er. »Dir muß mal jemand die Hosen flicken.«

Sie machte ein verdrossenes Gesicht und beschloß, gar nichts zu sagen. Er reckte sich noch etwas weiter, bis sie merkte, daß die Schwertspitze wieder zuckte.

»Autsch!«

»Erster Treffer«, sagte der Fremde fröhlich. Dann änderte sich sein Tonfall. »Fordere mich nicht heraus, Kleiner. Krynn wimmelt nur so von Kindern, besonders von Waisen. Eins weniger wäre nur ein Segen.«

Es folgte eine kurze, lastende Stille. Dann raschelte es in den Zweigen, und Kitiara sprang mit einem reifen Apfel herunter. Mit abgewandten Augen hielt sie ihn dem Fremden ihn, der triumphierend sein Schwert in die Erde steckte und nach der Frucht griff.

Bevor er reagieren konnte, hatten sich ihre Zähne in sein Handgelenk gegraben.

»Aua!« schrie er und schlug Kitiara mit einem wütenden Fluch ins Gesicht, wodurch sie unsanft zu Boden ging.

Sie stand langsam wieder auf. Während sie sich die Wange rieb, senkte Kitiara den Blick nach unten und kämpfte gegen die Tränen an. Vor einem Fremden würde sie nicht weinen.

Was den Fremden anging, so widmete auch der sich seiner Verletzung, indem er mit beleidigtem Gesichtsausdruck sein Handgelenk rieb. Als er aufsah, traf sich sein Blick mit Kitiaras. Zu ihrem Leidwesen wurde die Situation plötzlich lächerlich. Das Gesicht des Fremden verzog sich zu einem breiten Grinsen, und er begann, laut und schallend zu lachen.

Kit konnte nicht abstreiten, daß der komische Kerl viel netter aussah, wenn er lachte. In dieser Hinsicht war er wie ihr Vater: im Kampf so, im Frieden ganz anders. Trotzdem steckte sie immer noch voller Trotz.

Etwas mühsam bezähmte der Fremde sein Lachen. »Weißt du, ich dachte erst, du wärst ein Junge, sonst hätte ich dich nicht geschlagen. Du kämpfst wie einer. Eines Tages kämpfst du vielleicht wie ein Mann.«

Das war für sie kein Kompliment. Aber als der Fremde ihr die Hand zum solamnischen Gruß anbot, lächelte sie unwillkürlich doch. Sie drückte ihm fest die Hand.

Er lachte wieder, setzte sich und biß in den Apfel, den Kitiara gepflückt hatte. Aus dem Mantel zog er noch einen Apfel hervor, den er ihr mit durchtriebenem Grinsen anbot.

Sie runzelte verärgert die Stirn.

»Ach, mach dir nichts draus«, sagte der Fremde beruhigend. »Wie heißt du, Mädchen?«

Mit deutlicher Zurückhaltung nahm sie den Apfel.

»Kitiara Uth Matar«, sagte sie stolz.

Bildete sie es sich nur ein, oder verriet das Gesicht des Fremden wirklich, daß er diesen Namen schon einmal gehört hatte? Jedenfalls hatte er deutlich reagiert.

»Irgendwie verwandt mit Gregor Uth Matar?« fragte er immer noch lächelnd.

»Kennst du ihn?« Sie beugte sich aufgeregt vor.

»Nein, nein«, erwiderte er hastig und wechselte den Tonfall. »Hab' natürlich von ihm gehört. Nur von ihm gehört.« Er schien Kitiara anders anzusehen und ihr Gesicht genauer zu mustern. »So einen Mann würde ich gerne mal treffen – falls er zufällig mal in diese Gegend kommt.«

Auf einmal mußte Kitiara gegen Tränen ankämpfen. »Mein Vater wohnt nicht mehr in Solace«, sagte sie nach ein paar Augenblicken ruhig. »Er ist bald nach unserer Rückkehr aus der Schlacht mit ein paar Barbaren von zu Hause weggegangen. Das ist über ein Jahr her.«

Diesen schrecklichen Morgen würde Kitiara nie vergessen. Auf einmal war ihr Vater nicht mehr dagewesen, hatte sie beim Aufwachen nicht mehr angelächelt. Es hatte keine echte Vorwarnung für seine Abreise gegeben. Er hatte mit Rosamund Streit gehabt, aber das war nichts Neues. Und der Zettel, den er ihr dagelassen hatte, hatte auch wenig erklärt.

Leb wohl fürs erste. Kümmere dich um Cinnamon. Sie

gehört dir. Du weißt, daß dein Vater dich liebt. Denk an mich. Gregor.

Er hatte sein Lieblingspferd dagelassen und war auf einem kürzlich erst eingetauschten davongeritten. Kitiara hatte das Papier zerknüllt und tagelang, ja, wochenlang immer wieder geweint. Jetzt wünschte sie sich, sie hätte wenigstens den Zettel noch, als Erinnerung.

Keiner in Solace konnte sagen, welchen Weg Gregor genommen hatte, welche Straße in welche Richtung.

»Hast du in letzter Zeit von ihm gehört?« fragte sie den Fremden.

»Hmmm. Ich glaube, ich habe etwas über ein paar Abenteuer im Norden gehört«, antwortete der ausweichend, weil er jetzt dabei war, aufzustehen und sein Schwert wieder wegzustecken.

»Seine Familie stammt aus dem Norden«, sagte Kit offensichtlich aufgeregt.

»Oder vielleicht war es auch in der Wildnis von Khur, im Osten. Ich bin mir nicht sicher.«

»Oh.« Kits Stimme wurde leise.

»Ein Mann wie er bleibt nie lange am gleichen Ort«, fuhr er fort.

»Was soll das heißen?« fragte Kit etwas aufgebracht. »Ein Mann wie er?«

Als er aufblickte, sah er den Ärger, der über Kits Gesicht zog. »Ich muß los, Kleine. Falls mir dein Vater über den Weg läuft, soll ich ihm dann etwas ausrichten?« fragte er nicht unfreundlich.

Kitiara wog ab, was sie diesem Fremden sagen sollte, der sie in mancher Hinsicht an Gregor erinnerte, obwohl er weder so groß noch so schön war. »Sag ihm einfach, daß ich trainiere«, meinte sie schließlich. »Und daß ich bereit bin.«

Sie standen jetzt gerade außer Sichtweite von Kits Zuhause auf einer Lichtung unter den hohen Wegen zwischen den Vallenholzbäumen. Kit kam oft hierher, um mit dem Schwert zu üben. Der Fremde wollte schon aufbrechen, als Kit noch daran dachte, ihn nach seinem Namen zu fragen.

»Ursa Il Kinth, aber du kannst Ursa zu mir sagen, falls wir uns mal wieder begegnen.«

»Warte!« schrie Kit fast verzweifelt, als er sich umdrehte. »Nimm mich mit, Ursa. Ich brauche nur ein richtiges Schwert oder ein Messer, und dann könnte ich dich unterwegs auch beschützen. Ich mach' dir keinen Ärger. Ich habe Verwandte im Norden; die können mir helfen, meinen Vater zu finden. Oh, bitte, bitte, nimm mich mit!«

»Du mich beschützen?« schnaubte Ursa. »Ich hoffe doch, es dauert noch ein paar Jahre, ehe ich den Schutz eines Kindes brauche!«

Wieder brach er in höhnisches Gelächter aus.

»Wenn schon ein Kind, dann du, kleine Kitiara«, sagte Ursa über die Schulter, während er einige Schritte von ihr fortging.

Nachdem er einen scharfen Pfiff durch die Zähne ausgestoßen hatte, kam eine kräftige, graue Stute aus dem Wald gelaufen. Gleich darauf stieg er auf und ritt immer noch lachend davon.

Eine zu allem entschlossene Kitiara wollte ihm gerade hinterherrennen, als sie von zu Hause lautes Rufen hörte.

»Kitiara! Kitiara! Komm nach Hause! Ich brauche Hilfe!«

Kit blieb stehen und sah grollend in Richtung der Rufe.

»Die Wehen haben eingesetzt! Mach schnell!«

Seufzend kletterte Kitiara nach einem letzten Blick auf Ursas Rücken den nächsten Vallenholzbaum hoch. Auf halber Höhe des Baumes stieg sie auf den Weg nach Hause, dorthin, wo ihre Mutter gleich niederkommen würde.

Kapitel 2

Die Geburt der Zwillinge

Als sie von den sonnenüberfluteten Hängebrücken in die Hütte stürmte, verlor Kit kurzfristig die Orientierung. Es war Mittag, aber es drang fast kein Licht durch die Fensterläden. Rosamund hatte es irgendwie fertiggebracht, sie aus Gründen des Anstands zu schließen, als ihre Wehen losgingen.

Während Kits Augen sich dem Dämmerlicht anpaßten, hörte sie Rosamund mehr, als sie sie sah, schwer atmen.

Kits Mutter hockte auf einer Seite des Wohnzimmers neben dem großen Bett auf dem Boden und sah verstört auf, als sie Kit hereinkommen hörte.

»Oh, Kitiara! Ich ..., ich wollte Gilon heute morgen nicht

von seiner Arbeit abhalten, aber – « Ihre Worte brachen ab. Rosamund fixierte mit den Augen einen Punkt irgendwo über Kitiaras Kopf, verdrehte das Laken in ihren Händen und stieß ein leises Stöhnen aus, das sich zu einem entsetzlichen Schrei steigerte. Kit wich bereits zur Tür zurück, als der Ton nachließ und Rosamund an der Bettkante herunterrutschte.

»Bitte, bitte, hol Minna«, keuchte Rosamund.

Entsetzt schoß Kit aus der Tür und hetzte über die hohen Wege zwischen den riesigen Vallenholzbäumen zum Haus der Hebamme von Solace, ohne dabei auf die Leute zu achten, die sie anrempelte. Ihre Begegnung mit dem fremden Schurken und ihre Abenteuerlust waren vorerst vergessen, denn Kit fühlte sich plötzlich keinen Deut älter als ihre acht Jahre. Ach, wenn Gilon doch heute nicht Holzhacken gegangen wäre ... Wenn Rosamund doch nur selbst zurechtkäme ... Wenn es bloß jemand anderen zum Helfen gäbe als Minna!

Kit hielt einen Augenblick inne und holte tief Luft, bevor sie das Törchen zum Weg zur Hebamme öffnete. Wie immer, wenn sie an Minnas Haus vorbeikam, dachte Kit, daß das schmucke Fachwerkhäuschen, das sich zwischen zwei große Vallenholzbäume schmiegte, seiner Besitzerin doch sehr ähnlich sah – ordentlich und überheblich.

Kit klopfte an die Tür. Noch während Minna aufmachte, packte Kit sie am Arm und wollte sie nach draußen ziehen. Die rundliche, kleine Hebamme trug ihre Mousselin-Schürze – ihr Markenzeichen –, von der Kit angenommen hätte, daß sie sie sogar im Bett nicht ablegte, wenn sie nicht immer so sauber und frisch gestärkt gewesen wäre. Ihr dünnes, braunes Haar war sorgfältig frisiert und zusammengebunden.

»Schnell! Wir müssen schnell machen! Meine Mutter, sie hat die Wehen. Du mußt sofort kommen«, drängte Kit, während sie an ihr zerrte.

Minna wich zurück und befreite ihren Arm mühelos aus dem Griff des Kindes. Die Hebamme stand nur einen Moment da und sammelte sich. Während Kit dann an der Vordertür ungeduldig von einem Bein aufs andere trat, lief Minna geschäftig im Haus herum, um Tränke, Kräuter und Fläschchen zusammenzusuchen, die sie sorgfältig in einen großen Lederbeutel packte, wobei sie auf Kit einredete.

»Mein liebes Kind, du bist ja ganz rot im Gesicht. Komm doch erst mal wieder zur Ruhe. Ich muß meine Espenblätter finden. Espenblattsaft ist wirklich das Beste für die Blutgerinnung, weißt du. Ist in dieser Gegend ziemlich schwer zu bekommen. Ich lasse Asa – du kennst doch Asa, diesen komischen, schwarzhaarigen Kender, der hin und wieder in der Stadt auftaucht? – ich lasse Asa speziell für mich die Blätter sammeln, wenn er nach Qualinesti oder Silvanesti kommt. Er ist natürlich kein besonders zuverlässiger Sammler. Immerhin glaube ich, daß es wahrscheinlich sogar wirklich Espenblätter sind, wie er behauptet ...«

Als Minna sich vor dem Spiegel das Haar zurechtzupfte, fing sie einen wütenden Blick von Kitiara auf, die die Hebamme am liebsten angebrüllt hätte, sie solle still sein und endlich rauskommen.

»Ist irgend etwas, Kleine?« fragte Minna mit einem besorgten Blick aus ihren kleinen, olivgrünen Augen.

»Ja, ja!« rief Kit und stampfte dabei mit dem Fuß auf. »Ich hab's doch gesagt! Meine Mutter bekommt ihr Baby. Sie braucht dich!«

»Nun, das ist aber bestimmt kein Grund, unhöflich zu sein. Das greift in Krynn heutzutage schon viel zu sehr um sich«, sagte Minna beleidigt. »Frauen haben schon immer Kinder bekommen. Ich bin sicher, daß deine Mutter gut zurechtkommt«, fügte sie hinzu und überprüfte unterdessen ihren vollgestopften Lederrucksack ein letztes Mal, bevor sie ihn zuzog. »Ach, hier sind die Espenblätter. Ich sollte mir keine Gedanken machen. Ich nehme an, dein Vater ist zu Hause bei Rosamund?«

Die Frage hörte sich ganz unschuldig an, aber Kit, die immer dünnhäutig war, wenn nach ihrem Vater gefragt wurde, unterstellte Minna andere Gründe für ihre Frage. Die Hebamme legte Wert darauf, jeden Klatsch zu wissen, der in Solace herumging, und alles, was sie bei ihrem Herumschnüffeln herausfand, gab sie morgens auf dem Markt an Dutzende von Bekannten weiter. Kit wußte, daß Rosamund zu ihren Lieblingsthemen zählte.

Rosamund litt immer wieder unter merkwürdigen Trancen und wurde dauernd von Fieber und eingebildeten Leiden heimgesucht. Nachdem Gregor sie verlassen hatte, war die Sache nur noch schlimmer geworden. Kitiara nahm an, daß Rosamund sich die Schuld für Gregors Fortgehen gab. Nun, das sollte sie auch. Mit ihrem dauernden Genörgel hatte sie ihn regelrecht vertrieben.

Es war schwer, zu begreifen, was Gregor anfangs in ihrer Mutter gesehen hatte. Vielleicht war sie mal schön gewesen, räumte Kit widerstrebend ein. Und sie war eine ganz passable Köchin. Aber wer Rosamund auch gewesen war, in den letzten Monaten hatte sie sich immer mehr zu einer kränklichen Stubenhockerin entwickelt, wie Kit es niemals werden wollte.

Rosamund hatte nicht sehr viele Freunde oder Leute, die sie wegen ihrer Unpäßlichkeiten bemitleideten. Und da kam Minna ins Spiel. Kitiara mußte zugeben, daß Minna ihre Mutter versorgt hatte, so gut sie nur konnte. Und sie hatte Gilon nie gedrängt, die wachsende Rechnung zu begleichen.

Dennoch verabscheute Kitiara die herrische Klatschtante.

»Gilon«, Kit betonte seinen Namen, da er nicht ihr Vater war, »hackt im Wald Holz. Ich weiß nicht wo, wahrscheinlich meilenweit weg. Sonst würde ich losrennen und ihn holen. Meiner Mutter ging es in letzter Zeit ziemlich gut, und ich wollte ihn nicht bitten, zu Hause zu bleiben. Wir wußten ja nicht, wie nah ihre Zeit schon war. Kannst du dich nicht beeilen?«

Kit sah aus dem Fenster und wünschte sich sonstwohin – fort von diesem Haus, egal, wohin, außer vielleicht in ihre eigene

Hütte. Sie konnte die bedrängten Schreie nicht vergessen, die Rosamund ausgestoßen hatte, ebensowenig den ängstlichen Ausdruck auf ihrem Gesicht.

»Ja, wer hat's hier jetzt eilig, junge Dame? Sieh zu, daß du Schritt hältst.«

Damit fegte Minna an Kitiara vorbei aus der Tür. Kit hätte ihr am liebsten in den Hintern getreten. Aber der Gedanke an Rosamund daheim, die mit der Geburt kämpfte, ließ sie den Impuls unterdrücken. Das Mädchen mußte wirklich rennen, um mit Minnas Tempo mitzuhalten, denn diese eilte mit schnellen Schritten über die Hängebrücken.

Als sie die Hütte erreichten, sah Kit, daß ihre Mutter wieder auf das Bett geklettert war, dessen Decke und Laken fleckig und blutverschmiert waren.

Sie stieß ein leises Stöhnen aus, und ihr Atmen wurde schneller, weil eine neue Wehe begann. Diesmal schien sie zum Schreien fast zu erschöpft zu sein. Ihr langes, hellblondes Haar klebte schweißnaß an ihrem Kopf. Das zartknochige Gesicht war verzogen. Rosamund stöhnte erstickt und krümmte sich. Nach dem Abklingen der Wehe sank sie aufs Bett zurück.

Minna fühlte ihr eilig die Stirn. Die Wehen kamen schneller. Rosamunds Bett war bereits völlig naß. »Gut. Dein Wasser ist abgegangen«, erklärte Minna. Doch als die Hebamme die grünliche Farbe der Bettücher sah, runzelte sie die Stirn.

Minna zog Rosamund ohne Umschweife ihren Kittel aus und prüfte, wie die Wehen vorangingen. »Mach heißes Wasser und leg saubere Tücher bereit. Das Baby kann jetzt jeden Moment kommen. Dieses grüne Wasser bedeutet, daß es Schwierigkeiten geben kann«, sagte sie warnend.

Kit, die nie besonders gern im Haushalt geholfen hatte, half Minna verlegen, Rosamunds Bett mit sauberen Laken zu beziehen. Sie holte alle sauberen Tücher her, die sie finden konnte, und schleppte dann in einem Eimer Wasser heran, das sie in einem Topf über dem Feuer aufsetzte.

Inzwischen war Rosamund von der Geburtsarbeit so gefangengenommen, daß sie weder von Kitiara noch von Minna viel Notiz nahm. Ihre grauen Augen waren glasig, während ihr Körper von den schmerzhaften Wehen geschüttelt wurden, die unbarmherzig weitergingen.

Minna zog einen kleinen Beutel aus ihrer Tasche und befahl Kit, eine saubere Schüssel mit heißem Wasser an den Nachttisch zu bringen. Dann schüttete sie den Inhalt des Beutels in die Schale, tauchte ein Tuch in die bräunliche Flüssigkeit und wrang es aus. Mit diesem Tuch wischte Minna Rosamund die Stirn ab und wusch ihr gelegentlich den angeschwollenen Leib, wozu sie Rosamund den Kittel hochzog.

»Was ist das?« wagte Kit zu fragen.

»Geheimzutaten«, antwortete Minna selbstgefällig. »Ganz genau weiß ich es selber nicht.« Sie kicherte. »Hab' ich von diesem Kender, von dem ich dir erzählt habe. Asa. Er nennt es ›Nie versagender Balsam‹.«

Kit mußte zugeben, daß ihre Mutter nach diesen Waschungen etwas leichter atmete.

Minna hielt Kit auf Trab. Sie befahl ihr, einen Stuhl zum Bett zu bringen, mehr Decken zu suchen, einen Tee zu kochen, mehr Feuerholz zu holen. Kit wußte, daß Minna sie nicht mochte, und daß sie Rosamund erklärt hatte, ihre kleine Tochter sei zu dickköpfig und müsse mehr an die Kandarre genommen werden. Jetzt ärgerte sich Kit über die Kommandos der Hebamme, denn sie merkte, wie Minna ihre Macht über Kitiara in diesem Notfall auskostete.

Rosamunds Stöhnen und Schreien hielt die zwei allerdings beschäftigt. Ihre Qual war für das Kind schrecklich mit anzusehen. Hin und wieder rollten Rosamunds Augäpfel ganz in den Kopf zurück, und ihr Körper versteifte sich unter dem Ansturm der Wehen.

Die Wehen zogen sich hin, und Kit sehnte sich heimlich nach Gilons beruhigender Gegenwart und fragte sich, wann ihr

Stiefvater wohl heimkehren würde. Doch sie mußte verzagt feststellen, daß es erst Mittag war, und Gilon kam normalerweise nicht vor dem Abend nach Hause.

Etwa eine Stunde nach Minnas Eintreffen verlangsamte sich Rosamunds Atmung besorgniserregend. Die Hebamme steckte Rosamund die Hand unter den Kittel und nickte Kit zu. »Schieb das Baby raus, Rosamund«, kommandierte sie.

Kit sah Minna überrascht an. So blaß und weggetreten und schweißgebadet, wie Rosamund war, schien sie kaum fähig, ihren Kopf auf dem Kissen zu drehen, geschweige denn irgend etwas zu schieben. Dennoch stieg Kit auf Minnas Drängen hin aufs Bett und half Rosamund, sich aufzusetzen. Dann setzte sie sich mit ihrem schmalen Rücken gegen den schweißnassen Rücken ihrer Mutter und stemmte die Füße gegen das hölzerne Kopfende, um Rosamund aufrecht zu halten, während Minna ihre Mutter wieder zum Pressen aufforderte.

»Pressen!« schrie Minna. »Wenn du willst, daß es endlich vorbei ist, dann preß!«

Eine Stunde später hatte sich noch nichts verändert.

Kit waren die Beine schwer wie Baumstümpfe, und Rosamunds Kopf war gegen den ihrer Tochter zurückgesunken, als hätte sie das Bewußtsein verloren. Minna hatte sich hingesetzt. Auf ihrer Stirn standen Schweißperlen, und ein paar Haarsträhnen hingen ihr ins Gesicht. Obwohl auch sie erschöpft war, forderte die Hebamme Rosamund immer wieder zum Weiterpressen auf.

Dann endlich gebar Rosamund mit einem langgezogenen Stöhnen.

Für Kit sah das Baby aus wie ein rotblaues, blutbesudeltes Äffchen, das mit einer weißen, käseartigen Schmiere bedeckt war. Ein durchdringender Schrei, der die Fenster zu erschüttern schien, kündete sofort von der Kraft des Kindes.

»Ein Junge!« krächzte Minna. »Du hast einen schönen, gesunden Jungen, Rosamund!« sagte sie, während sie das Neugeborene geübt abwischte, wickelte und in eine saubere Decke hüllte. »Na, der wiegt aber bestimmt zehn Pfund! Das ist ein Riese!«

Ihre Worte kamen bei der Mutter des Babys gar nicht an. Rosamunds Augenlider fielen zu, als Kit hinter ihr herausschlüpfte und Rosamund erschöpft in die Kissen sinken ließ.

Fast augenblicklich wurde Rosamund von einem scharfen Atemzug wieder geweckt. Ihre Augen waren erschreckt aufgerissen.

»Nur die Nachgeburt«, murmelte Minna in sich hinein, als sie Rosamund ansah. Doch dann drückte die Hebamme das frisch versorgte Kind rasch Kit in die Arme, um sich wieder um die Mutter zu kümmern. Nachdem sie sie genau angeschaut hatte, griff Minna nach ihrer Geburtshilfetasche, die vor dem Bett stand. Sie wühlte darin herum und zog einen anderen kleinen Beutel heraus, der doppelt verschlossen war. Als die Hebamme ihn vorsichtig aufmachte, hätte Kit, die neben Minna stand, schwören können, daß darin etwas leuchtete!

Minna holte eine Prise davon heraus. Mit dem Rücken zum Bett versprengte Minna den Staub in der Luft, wobei sie ein paar Worte sang, die Kit nicht verstand. Das Licht im Raum schien zu flimmern. Einen Augenblick später senkte sich ein Gefühl des Wohlbehagens über Kit. Sogar das Baby in ihren Armen hörte auf zu quengeln. Noch erstaunlicher war, daß Rosamund lächelte, einen tiefen Seufzer ausstieß und wieder in die Kissen sank. In diesem Bruchteil einer Sekunde schien Kits Mutter friedlich einzuschlafen! Das Mädchen wollte ihren Augen nicht trauen.

Doch dann verpuffte die friedliche Aura so schnell, wie sie eingetreten war.

Rosamunds Atem ging schneller. Sie riß die Augen auf, doch die Pupillen waren vollkommen verdreht.

Minna beugte sich besorgt über Rosamund und tätschelte ihr die Wangen.

Nur das Baby schien etwas länger von Minnas Hokuspokus zu zehren. Kit hielt das Kind steif von sich weg, als sie zu der Wiege ging, die Gilon liebevoll gebaut hatte. Zum Glück für alle Beteiligten vergaß Kits neuer Bruder rasch seinen Zorn darüber, aus dem warmen, gemütlichen Bauch gepreßt worden zu sein. Sobald Kit ihn in sein neues Bett gelegt hatte und die Wiege schaukelte, schlief er leise ein.

Minna zog Rosamunds Kittel hoch und legte beide Hände fest auf ihren dicken Bauch. Dann nahm sie etwas, das wie eine kleine Trommel aussah, aus ihrer Tasche. Allerdings lief der Boden der Trommel zu einem engen Hals zusammen und ging dann zu einem biegsamen Kelch auseinander.

»Eine Hörtrommel«, sagte Minna zu niemand Bestimmtem – jedenfalls nicht zu Kitiara. Das Ende des Kelches setzte sie auf Rosamunds aufgetriebenen Leib und legte gleichzeitig ihr Ohr an die Membran der Trommel. Als Rosamund zu wimmern begann, zog Minna überzeugt den Kopf zur Seite. Es ging eindeutig eine neue Wehe los.

»Da ist noch ein Baby drin«, erklärte Minna erstaunt.

Ein langgezogenes, rauhes »Neiiin!« entfloh Rosamunds gespitzten Lippen.

»Noch ein Baby!« rief Kit aus. »Wie kann denn das sein? Wieso hast du das nicht vorher gewußt? Was sollen wir denn jetzt machen? Noch eine Geburt überlebt meine Mutter nicht.«

»Hör mal zu, junge Dame. Werd mir bloß nicht frech.« Mit erstaunlicher Wildheit fuhr Minna Kit an, denn ihre Geduld war fast am Ende. Ihr Bienenstock von Haar war schlimm zugerichtet, und ihre normalerweise adrette Kleidung war durcheinander. Ihre scharfen Augen nagelten Kit fest.

»Ich brauche keine Ratschläge von einem Küken. So etwas passiert. Ich kann schließlich nicht alles wissen und alles in Ordnung bringen –«

Rosamunds Wimmern brachte beide auf die Beine.

Erneut fing Minna an, in ihrer Tasche herumzuwühlen. Regelrecht schreiend wies die Hebamme Kit an, einen neuen Kessel Wasser aufs Feuer zu stellen und mehr saubere Decken zu holen. Kit, die seit Sonnenaufgang auf den Beinen war und kein Mittagessen bekommen hatte, schwankte auf einmal vor Müdigkeit. Ihre Knie gaben nach, und fast wäre sie umgekippt.

Minna griff zu und hielt das Mädchen fest, bevor es umfallen konnte. Gewaltsam schüttelte sie sie durch. »Du mußt jetzt durchhalten, Kit«, sagte sie drohend. »Mach mir ja nicht schlapp. Ich brauche dich. Rosamund braucht dich.« Sie schubste Kit los, damit sie ihre Pflichten erledigte.

Das Mädchen konnte die Augen kaum noch offenhalten, während es im Raum herumtrottete und tat, was Minna angeordnet hatte. Am Nachmittag war es schrecklich warm geworden, und zusammen mit dem Feuer, das unablässig weiter brannte, um das Wasser zu erhitzen, erschien ihr das Innere der Hütte heißer als eine Zwergenschmiede. Kitiara glaubte, sie müßte ersticken.

»Kipp dir was über den Kopf!« riet Minna.

»Wie?«

»Das Wasser, über deinen Kopf«, wiederholte die Hebamme.

»Oh«, sagte Kitiara, schöpfte kaltes Wasser aus dem Eimer und spritzte es sich über den Kopf, so daß ihr Gesicht und ihre Kleider naß wurden. Erfrischt schoß sie los, um einen weiteren Eimer zu holen.

»Dummes Ding«, murmelte Minna tonlos.

Rosamund glühte ebenso, und Minna gab sich größte Mühe, sie abzukühlen, indem sie sie dauernd mit einem nassen, kalten Schwamm abrieb. Kits Mutter wirkte schlaff und leblos und verlor immer wieder das Bewußtsein; sie war einfach zu erschöpft. Die Wehen gingen weiter. Was eigentlich eine kurze Geburt hätte sein müssen, zog sich unendlich lange hin.

»Das verstehe ich nicht. Dieses Baby müßte einfach rausflutschen«, sagte Minna leise zu Kit.

Nachdem sie unter Rosamunds Decke getastet hatte, fluchte Minna leise, denn sie hatte den Grund gefunden. Sie nahm Kit beiseite.

»Dieses Baby kommt mit den Füßen zuerst«, vertraute sie ihr vielsagend an, »nicht mit dem Kopf zuerst wie die meisten Babys. Es ist eine Steißgeburt. Da kann man nicht sagen, wie lange die Wehen noch dauern. Das ist nicht normal.«

Kit nahm Minnas Nachricht wie betäubt auf. Sie blickte zu dem ersten Baby, das immer noch mit friedlich geschlossenen Augen schlief. »Kannst du etwas tun?« fragte sie hoffnungsvoll.

»Ich kann es versuchen«, erklärte Minna schlicht. »Aber Paladin muß mir beistehen.«

Die Stunden verstrichen. Die Geburt zog sich schon fast bis Sonnenuntergang hin. Einmal begannen Rosamunds Augen unkontrollierbar zu zucken. Ihr Gesicht lief tiefrosa an, und ihr Körper wand sich ununterbrochen. Als Kit die Hand ihrer Mutter berührte, war diese glühend heiß.

»Sie hat hohes Fieber. Ihr müßt etwas tun«, schrie Kit fast anklagend.

Minna, die ernstlich besorgt war, ignorierte das Mädchen, bat aber um mehr heißes Wasser, damit sie eine weitere Portion »Nie versagenden Balsam« brauen konnte. Mit dieser Tinktur hatte sie Rosamunds Bauch während der ersten Geburt schon ständig abgewaschen.

Rosamund war jetzt die meiste Zeit bewußtlos. Kitiara mußte ihre Mutter so gut wie möglich von hinten stützen. Minna gab sich nicht einmal mehr die Mühe, Rosamund zum Pressen aufzufordern.

Schließlich gab es einen Fortschritt, und Minna lebte auf. »Ein Zeh, ich sehe einen Zeh. Wenn ich jetzt beide Füße zusammen rauskriege, dann erleben wir die Geburt von diesem störrischen Zwilling vielleicht doch noch.«

Irgendwann tauchten beide Füße auf, dann die Beine, dann die Hüften – es war noch ein Junge. Während Kit immer noch

Rosamunds Rücken stützte, hörte sie Minnas aufgeregte Kommentare zum Fortgang der zweiten Geburt. Über die Schulter konnte sie sehen, daß die Augen ihrer Mutter geschlossen waren. Rosamunds Atmung war flach und kam stoßweise. Endlich, kurz nach Einbruch der Dunkelheit, trat der Kopf des Babys heraus. Kit hörte Minna fluchen.

»Bei den Göttern! Er atmet nicht, und deine Mutter blutet in Strömen.«

Minna handelte schnell. Sie zog ein kleines Messer aus der Tasche und schnitt die Nabelschnur durch. Dann legte sie das Baby ans Bettende und widmete sich ganz der Mutter, die bewußtlos dalag. Mit einer Hand massierte sie Rosamund den Bauch, um die Nachgeburtswehen zu fördern, die helfen würden, die Blutung zu stoppen. Mit der anderen Hand rührte sie zerkrümelte Espenblätter in eine Tasse Wasser, um einen gerinnungsfördernden Tee zu brauen.

»Ich habe jetzt mit deiner Mutter alle Hände voll zu tun. Hilf du lieber deinem zweiten Bruder«, wies Minna Kit an. »Reib ihm die Füße. Versuch, ihn zum Atmen zu bringen. Tu irgendwas!«

Kit schlüpfte hinter Rosamund heraus und kletterte neben dem Baby aufs Bett. Während sie ihre Angst zu bezwingen suchte, schnappte sie sich ein paar saubere Tücher und fing an, den kleinen Körper abzureiben, wie Minna es beim ersten Kind getan hatte. Schließlich kam ein kratzendes Geräusch aus der Brust von dem Kind, als es eine kleine Menge grüne Flüssigkeit ausspuckte und ein paar armselige Atemzüge machte. Nach einer Minute setzte sein mühsames Atmen aus.

»Minna, was soll ich machen? Ich glaube, er atmet nicht besonders gut«, drängte Kit die Hebamme.

Minna wiegte Rosamunds Kopf und flößte ihr mit einer Pipette etwas von dem Espentee ein. Die Hebamme sah nur kurz hoch, bevor sie sich wieder Rosamund widmete, die selbst kaum noch am Leben war.

»Bring ihn ans Feuer und reib einfach weiter, besonders die Fußsohlen. Wenn das nicht reicht, kannst du ihm in die Bäckchen kneifen. Puste ihn vorsichtig in die Ohren. Was auch immer. Aber denk dran, der zweite Zwilling hat oft wenig Lebenskraft. Vielleicht ist er ein hoffnungsloser Fall.«

Bei dieser Bemerkung fuhr Kits Kopf herum, und sie funkelte die dumme Hebamme einen Augenblick lang an. Dann konzentrierte sie sich schnell auf die Rettung ihres Halbbruders und rannte zum Herd. Mit den Füßen stieß sie weitere Holzscheite ins Feuer, während sie das zarte Baby mit einem Eifer zu rubbeln begann, den sie normalerweise nur für das Üben mit ihrem Holzschwert aufbrachte. Endlich fing das Baby wieder an zu atmen.

Schließlich gab das Baby ein paar unzufriedene Maunzer über diese grobe Behandlung von sich. Wenigstens wurde die bläuliche Färbung jetzt etwas rosiger. Doch als sie versuchte, mit der heftigen Massage aufzuhören, wurde die Atmung des Babys wieder langsamer. Also ging das heilsame Rubbeln weiter. Kitiara war fest entschlossen, Minna zu beweisen, daß sie unrecht hatte, doch sie war um das Leben ihres zweiten Halbbruders zugleich auch höchst besorgt. Sie warf einen kurzen Blick auf den ersten Zwilling, der friedlich in Gilons Wiege geschmiegt lag. Dieser kräftige und im Vergleich engelhafte Junge schlief tief und fest. Wie verschieden sie waren! Doch als Kit länger den älteren Bruder anstarrte, hatte sie den Eindruck, daß er im Gleichklang mit seinem schwächeren Zwilling atmete. Sie konnte jetzt mit dem Reiben aufhören. Das zweite Baby atmete nun besser und war eingeschlafen.

Auf der anderen Seite des Raums lehnte sich die Hebamme zurück.

Auch sie war erfolgreich gewesen. Rosamunds Blutung war gestillt. Kits Mutter schlief den Schlaf der Erschöpfung und war dabei leichenblaß.

»Puh«, seufzte Minna, die ein Laken und eine Decke über

Rosamund zurechtzog, »das war eine der schwierigsten Geburten, die ich je erlebt habe. Nicht, daß ich mir Sorgen gemachte hätte! Wenn man in diesen Dingen so erfahren ist wie Minna, mein Kind ...«

Kit, die mit dem Baby im Arm am Herd saß, hörte ihr kaum zu. Als sie aufblickte, stand Minna mit rotem Gesicht und inzwischen schiefem Haarknoten vor ihr.

»Deine Mutter muß alle zwei Stunden geweckt werden und einen guten Schluck Tee aus diesen Espenblättern trinken«, sagte die Hebamme kühl. »Du oder Gilon, einer muß heute abend los und Ziegenmilch auftreiben. Deine Mutter ist nicht in der Lage, diese Babys zu stillen, und Ziegenmilch ist das beste für neugeborene Menschenbabys. Ziegen haben auch Junge, wie du weißt.«

Als sie die offensichtliche Abneigung auf Kits Gesicht bemerkte, befand Minna, daß das Mädchen ein paar ganz normale Manieren zu lernen hatte. Kitiara sah zur Seite und betrachtete intensiv den zweiten Zwilling, um zu prüfen, ob ihre sorgfältige Massage Erfolg gehabt hatte. Das Baby gab einen erstickten Laut von sich. Kit fing wieder an, es zu massieren.

»Ich weiß nicht, ob ich darauf meine Hoffnung setzen würde«, sagte Minna trocken. »Du solltest diese Energie lieber für die Pflege deiner Mutter nutzen. Ich hab dir doch gesagt, daß der zweite Zwilling oft nicht lange lebt. Kann sein, daß wir ihm schon morgen früh ein Grab schaufeln können.«

Die ganze Angst und Hilflosigkeit und Enttäuschung der letzten Stunden stieg bei Minnas herzloser Bemerkung in Kit wieder hoch. Ihr kleiner Körper bebte vor Zorn, der sie auf die Füße riß. Ohne eine bewußte Entscheidung holte Kit aus und schlug der Hebamme, so fest sie konnte, ins Gesicht.

»Sag das nicht noch mal!« schrie Kit.

Empört ergriff Minna Kit unsanft an der Schulter, wodurch sie ihr fast das Kind aus den Armen gerissen hätte. Auf ein Geräusch von der Tür her drehte sich erst Minna, dann Kit um.

Dort stand Gilon mit ernster Miene. Ein leichter Luftzug blies ihnen ins Gesicht.

»Habt Ihr das gesehen, Meister Majere?« Minna ließ Kits Schulter los und rannte zu Gilon. Sie bebte vor Wut. »Habt Ihr das gesehen? Sie hat mich geschlagen! Das dürft Ihr ihr nicht durchgehen lassen. Ich verlange eine Entschuldigung, und ich finde, ich habe das Recht, sie zur Strafe zu verprügeln. Wenn dieses Kind nicht richtig bestraft wird, dann endet sie noch wie ihr Vater – als Lump!«

Gilon sah von der Hebamme zu seiner Stieftochter. Seine müden braunen Augen verrieten nicht Zorn, sondern Trauer. Er stellte seine Axt hinter der Tür ab und zog langsam seine Jacke aus. Seine große Hündin, Amber, die Gilon stets beim Holzholen begleitete, spürte, daß etwas nicht stimmte, und trottete davon. Der unerschütterliche Gilon fuhr mit den Fingern durch sein dickes, braunes Haar und ließ sich lange Zeit, bevor er redete.

Ohne ein Wort zu ihrer Verteidigung zu sagen, hatte Kit wieder angefangen, das Baby abzureiben. Sie war hundemüde, doch sie haßte die Tränen, die in ihren Augen standen. Sie beugte ihren Kopf tief über das Baby und weigerte sich hochzuschauen.

»Gerede über Beerdigungen am anderen Tag«, sagte der stämmige Holzfäller schließlich, »ist bei einer Geburt unerwünscht. Ich würde sagen, ihr zwei seid praktisch quitt.« In seiner Stimme lag eine stille Autorität. Sein Gesicht war unbewegt.

Kit blickte weiterhin das Baby an, doch innerlich jubilierte sie.

»Na schön!« Vor sich hin schimpfend lief Minna eilig in der Hütte herum und schmiß ihre Sachen einfach in die Tasche. Sie hielt einen Beutel Espenblätter in die Luft und warf ihn demonstrativ auf den Nachttisch. »Ich komme morgen wieder und seh' nach ihr!« fauchte sie, bevor sie durch die Tür hinausrauschte.

Als Kit das Schloß klicken hörte, blickte sie endlich auf. Sie erwiderte Gilons seltenes Lächeln.

Der ging los und sah sich zunächst besorgt Rosamund an, dann die Wiege, dann das Kindchen in Kits Armen. Auf seinem Gesicht mischte sich Stolz mit Verwirrung.

»Zwillinge, wirklich Zwillinge? Wie geht es Rosamund? Wie geht es den beiden? Was soll ich machen?« Er machte eine flehende Geste mit seinen großen, groben Händen.

»Du mußt gleich los und Ziegenmilch holen«, erklärte Kit. »Minna hat gesagt, das wäre das einzige, was die Babys trinken können, und ich glaube, das müssen wir ihr glauben. Dann müssen wir Mutter wecken und ...«

»Moment, Moment«, unterbrach Gilon sie noch immer aufgeregt. »Ich weiß noch gar nichts über meine Kinder. Sind es wirklich zwei?« wiederholte er. »Zwillinge?«

»Ja, zwei Jungen.« Kit war über sich selbst überrascht, denn sie sagte das mit solcher Befriedigung, als wäre sie selbst die Mutter.

Wieder lief Gilon zur Wiege und strahlte seinen Erstgeborenen an, der sich allmählich wieder regte. Dann kam er zu Kit, die immer noch das zweite Baby rieb und tröstete.

»Schsch«, warnte sie. »Das ist der schwächere.«

Draußen war es inzwischen dunkel geworden. Nur das sterbende Feuer erhellte noch den Raum. Hastig zündete Gilon zwei Öllampen an, die riesige, tanzende Schatten an die Wände der Hütte malten.

»Es war nicht einfach«, gestand Kit, wobei sie ihre Erleichterung, daß alles vorbei war, durch einen gleichmütigen Tonfall überspielte. »Mutter hat viel Blut verloren. Ich glaube, sie erholt sich wieder. Das erste Baby, das ist kräftig. Aber auf das hier, auf das muß man gut aufpassen.«

Gilon ging zu Rosamunds Bett, setzte sich vorsichtig neben sie und nahm ihre Hand. Aus ihrem Gesicht war alle Farbe gewichen. Sie lag ganz still da und atmete nur flach. Als er sie sanft auf die Stirn küßte, regte sie sich nicht. Das Wimmern seines Babys lockte Gilon von seiner Frau zur Wiege.

»Ich sollte lieber losgehen und diese Milch holen, bevor wir hier einen Aufstand haben.« Er zog seine Jacke an, blieb dann aber neben Kit stehen, um ihr die Hand auf die Schulter zu legen. Kit reagierte nur zögernd. Sie und ihr Stiefvater berührten sich selten. Gilon drückte leicht ihre Schulter, ehe er sich umdrehte, um seine Pflicht zu tun.

An der Tür blieb er stehen. »Rosamund und ich hatten uns für den Namen Caramon entschieden, falls es ein Junge werden sollte«, sagte er fast entschuldigend zu Kit. »Das bedeutet ›Kraft der Vallenholzbäume‹. Mein Großvater hieß so. Ein guter Name, oder was meinst du?« Nach einer Pause lächelte er und fügte hinzu: »Aber wir brauchen noch einen Namen für den anderen Knaben. Überleg doch mal, ob dir nicht ein schöner Name einfällt.«

Daß Kit gebeten wurde, den Namen mitauszuwählen, machte sie so glücklich wie einen Kender auf einem Jahrmarkt. Sie merkte, wie ihr das Blut ins Gesicht schoß. Feierlich erwiderte sie, sie würde darüber nachdenken.

Gilon kam mit der Ziegenmilch zurück und fand Kit mit einem Kind im Arm vor, während sie mit dem Fuß die Wiege bewegte, in der das andere begonnen hatte, durchdringend vor Hunger zu brüllen. Mit Hilfe der Haut vom Euter eines toten Mutterschafs stellte Gilon aus schmalen Gläsern zwei Fläschchen her. Nachdem er den brüllenden Caramon hochgehoben hatte, hielt der frischgebackene Vater ihn im Arm und ließ den Kleinen kräftig an der Flasche saugen.

Kitiara wünschte, ihr Zwilling wäre auch nur halb so energisch. Sie mußte den Zweitgeborenen dazu verlocken, überhaupt den Sauger zu nehmen, und es fiel ihm schwer, die Milch zu schlucken. Bei all dem Spucken und Herumgezappel befürchtete Kit, daß er kaum etwas von der Milch bei sich behielt.

Irgendwann schliefen beide Kinder ein. Kit hatte immer noch den Kleinen auf dem Arm. »Ich habe einen Namen«, sagte sie vorsichtig.

»Und was schlägst du vor?« fragte Gilon, der Kit ganz ernst nahm.

»Raistlin.«

»Hmm. Raistlin«, wiederholte Gilon. »Hört sich gut an, Raistlin und Caramon. Aber was bedeutet das?«

»Ach, eigentlich gar nichts. Ich meine, ich weiß es nicht genau. Muß ich irgendwo gehört haben.«

Kit verriet Gilon nicht, daß Raistlin der Held in den erfundenen Geschichten war, die Gregor ihr manchmal zum Einschlafen erzählt hatte. Die meisten Geschichten von Gregor waren entweder wahre, eigene Erlebnisse oder Legenden über die alten Helden von Krynn. Aber es gab eine Geschichte, die er gern erzählte, von der Kit glaubte, daß ihr Vater sie sich ausgedacht hatte. Sie hatte immer neue Fortsetzungen, und Gregor hatte sie nie zu Ende erzählt, wahrscheinlich, weil es kein Ende gab. Und weil er gegangen war.

Der Raistlin aus den Geschichten ihres Vaters war weder der Tapferste noch der Stärkste, aber er war schlau und hatte einen eisernen Willen. Immer wieder benutzte er seinen Verstand und schlug so auch überlegene Gegner.

Wenn Caramons Name für die Kraft der Bäume stand, so würde Raistlins für Schlauheit und Willensstärke stehen, dachte Kit.

Gilon überlegte. Wieder einmal ging er an Rosamunds Bett.

Kits Mutter hatte die Augen immer noch geschlossen. Ihm wurde klar, daß es einige Zeit dauern konnte, ehe Rosamund ihre Meinung kundtun konnte. Gilon lächelte Kit an, als er seine Entscheidung traf.

»Raistlin ... Ich finde, das paßt gut.«

Ein oder zwei Stunden später saß Kit noch mit Raistlin am Herd, während Gilon gerade die lange, umständliche Aufgabe beendete, Rosamund mit dem Schwamm abzuwaschen, um ihr dann die Bettwäsche und die Kleider zu wechseln.

Der Nachtwächter hatte schon längst Mitternacht ausgerufen. Vor dem Fenster stand Lunitari, der rote Mond, hoch am Himmel. Er teilte sich das nächtliche Firmament mit Solinari, der bereits sank. Kit mußte mit Raistlin am Feuer eingedöst sein. Sie wachte abrupt auf, als der kleine Raistlin einen tiefen Atemzug machte.

»Zeit für Mutters Tee«, sagte Kit müde.

Gilon, der auf Rosamunds Bettkante saß, sah zu dem Mädchen hinüber und erkannte plötzlich, wie erschöpft sie war.

Der Stiefvater nahm ihr Raistlin vom Arm und schickte sie ins Bett.

Kits Beine waren so schwer, daß sie kaum die Leiter hinaufklettern konnte, die zu ihrem Schlafplatz über dem hinteren Teil des großen Raums führte. Eigentlich war es nur ein Plätzchen, das sie sich im Speicher unter dem Dach der Hütte hergerichtet hatte.

Hinter Jutesäcken voll Korn und anderen getrockneten Vorräten standen ihr Feldbett und eine kleine Kommode. Das einzige Fenster, das oben unter dem First war, bot ihr einen phantastischen Blick in das Gewirr der Vallenholzzweige. Wenn Kit während der Sommerzeit hinaussah, kam sie sich vor, als würde sie auf einer Blätterwolke schweben. Für den Luxus eines eigenen Plätzchen in der engen Hütte ertrug sie gern die Sommerhitze und die winterliche Kälte oben unter den Dachsparren.

Kit ging zu der Kommode, zog sie von der Wand ab und tastete dahinter nach dem versteckten Brett.

Vorsichtig holte Kitiara ein abgegriffenes Stück Pergament hervor. Als sie es entrollt hatte, starrte sie die Tintenzeichnung darauf an, von der sie wußte, daß sie das Wappen eines Ritters von Solamnia darstellte. Im blassen Mondlicht, das durch ihr

Fenster fiel, sah Kit die Fänge eines Habichts, einen Pfeil und eine Umrandung in der Form eines Auges.

Nach ein paar Minuten rollte Kit das Pergament wieder zusammen und verstaute es wieder. Vollständig angekleidet fiel sie auf ihr Feldbett und sank sofort in festen Schlaf.

In dieser ersten Nacht schlief Caramon friedlich in seiner Wiege. Gilon behielt Raistlin zwischen sich und Rosamund im Bett, weil er hoffte, daß ihre Körperwärme dem Baby helfen würde. Kit bekam nichts davon mit, daß ihr Stiefvater viele Male in der Nacht aufstand und für seine geliebte Frau und die neugeborenen Zwillinge sorgte.

Am nächsten Tag bereitete Gilon gerade über dem Feuer einen Topf Brei zu, während Kit Raistlin im einen Arm hielt und gleichzeitig versuchte, Caramon in der Wiege die Flasche zu geben, als jemand an die Tür klopfte. Ohne eine Antwort abzuwarten, trat Minna mit ihrer Schwester Yarly ein.

Yarly war eine jüngere Ausgabe von Minna – ganz genauso klein und dick und gestärkt. Beide trugen ihre Schürzen, doch Yarlys Haare waren unter ein Häubchen gekämmt. Anscheinend hatte sie von ihrer Schwester Anweisung bekommen, wenig oder gar nichts zu sagen. Beide wirkten verdrießlich, aber Yarly hatte eine dicke, vorstehende Unterlippe, die sie immer irgendwie mürrisch aussehen ließ. Minna ignorierte Kit geflissentlich und hatte für Gilon nur ein kühles Nicken übrig, als sie mit Yarly im Schlepptau zu Rosamunds Bett marschierte.

Rosamund war immer noch nicht wieder ganz bei Bewußtsein, obwohl sie heute ruhiger schlief und leichter atmete.

»Wie geht es uns?« fragte Minna, während sie Rosamunds Bauch abtastete.

»Nicht so gut«, antwortete Gilon mit offensichtlicher Sorge. »Sie hat weiterhin Fieber, und sie hat eigentlich noch gar nicht die Augen aufgemacht. Sie ist zu schwach zum Essen.«

»Mmmmm. Das arme Ding hat viel Blut verloren. Ich denke,

sie wird es schon schaffen, auch wenn es Wochen dauern kann, bis sie sich selbst um ihre kleinen Babys kümmern kann. Vergiß das Essen. Achte nur darauf, daß sie reichlich von dem Heiltee trinkt, den ich euch dalasse. Und achte darauf, daß sie nicht durch wilde Spiele gestört wird«, fügte Minna mit einem vielsagenden Blick in Kits Richtung hinzu. »Ich würde sie an deiner Stelle in das kleine Zimmer legen. Sie braucht etwas Ruhe.«

Im Augenblick sah Kit, die versuchte, beide Kinder zu wiegen, allerdings eher wie eine gehetzte Hausfrau denn wie eine mögliche Unruhestifterin aus. Sie drehte Minna den Rücken zu, um den kleinen Raistlin den scharfen Augen der Hebamme zu entziehen.

Der Raum, auf den Minna anspielte, war der einzige Nebenraum der Hütte. An der Nordwand war ein kleines Stück abgeteilt, wo Rosamund die Näharbeiten machte, mit denen sie etwas Geld für den Haushalt dazu verdiente. Gilon sah ein, daß Minnas Rat klug war, und nickte zustimmend.

»Du kennst doch meine Schwester Yarly? Sie wird die nächsten paar Tage nach Rosamund sehen, dann brauche ich euch nicht mit meiner Meinung zu ärgern. Danach kommt ihr wohl allein zurecht.«

Minna war herangetreten, damit sie über Kitiaras Schulter einen Blick auf Raistlin werfen konnte. Kit drehte sich um und starrte der Hebamme, die sich überall einmischte, trotzig ins Gesicht. Minna sah betont auf das zarte Kind herunter, schniefte mitleidig und schaute dann zu dem robusten, das zufrieden in der Wiege an seiner Flasche nuckelte.

Raistlin war blaß und stand noch nicht allzu fest im Leben. Den ganzen Morgen hatte Kit sich bemüht, nicht an das zu denken, was Minna über schwächliche, zweite Babys gesagt hatte.

»Hmpf«, machte Minna, als sie sich abwandte.

Sie zog Gilon beiseite und holte etwas aus der Tasche.

Dann zeigte sie ihm kurz, wie er einen Lederriemen umlegen sollte, mit dem man das eine Baby am Körper tragen konnte, gleichzeitig aber die Hände für andere Aufgaben frei hatte. Schließlich sagte Minna in barschem Ton auf Wiedersehen und zog mit Yarly ab.

»Na gut«, sagte Gilon, nachdem er unschlüssig einen Moment geschwiegen hatte. »Nett von ihr, daß sie vorbeigeschaut hat.«

Kitiara murmelte eine unverständliche Antwort.

»Und das Ding hier ist wirklich praktisch«, meinte Gilon gutmütig, wobei er die Schlinge hochhielt. »Mal sehen, ob wir es dir anlegen können.«

Die nächsten drei Wochen trug Kit Raistlin in der Schlinge ständig bei sich. Die Atmung des Babys wurde besser, war aber immer noch nicht stark oder stetig. Jeden Moment konnte es vorkommen, daß Kit alles fallenlassen mußte, um seine Fußsohlen zu reiben und damit seine Atmung und seinen Kreislauf anzuregen.

An den meisten Abenden kippte Kit angezogen und todmüde ins Bett. Wenn sie morgens erwachte, hatte sie meistens noch Minnas Schlinge um, so daß sie Raistlin aus Gilons müden Armen entgegennehmen und weitermachen konnte.

Am ersten Morgen der vierten Woche bemerkte Kit beim Aufwachen, daß sie verschlafen hatte. Sie sprang aus dem Bett, kletterte die Leiter hinunter und sah sich um. Caramon trat kräftig in seiner Wiege herum, aber Raistlin schlief noch in der zweiten Holzwiege, die Gilon eilig zusammengezimmert hatte.

Kit warf einen Blick in den kleinen Nebenraum und sah, daß auch ihre Mutter noch schlief. Rosamund war seit der schweren Geburt bettlägerig. An den meisten Tagen regte sie sich kaum, oft konnte sie nicht einmal sprechen. Sie mußte ebenso sorgfältig beobachtet werden wie Raistlin. Wenn man sie nur einen Moment aus den Augen ließ, konnte Kits Mutter senkrecht und mit weit offenen Augen hochschrecken und vor Angst losheulen. Inzwischen zeigte sie auf Dinge, die niemand sehen konnte und faselte nur noch unzusammenhängendes Zeug.

Neben ihrem großen Bett lag eine Strohmatratze, auf der Gilon gewöhnlich schlief. Es war seine Aufgabe geworden, den starken Tee zu bereiten, der Rosamund manchmal beruhigen konnte. Doch selbst mit dem Beruhigungstee konnte man nie sagen, wie lange ihre plötzlichen Trancen dauern würden. Kits Stiefvater betrachtete seine Frau inzwischen mit mehr und mehr Kummer, denn die sanfte Frau, die er einmal geliebt hatte, war einer unberechenbaren Fremden gewichen.

Heute war sein Lager leer und Gilon schon fort. Seit der Geburt der Zwillinge war er zu selten in den Wald gegangen. Der Haushalt konnte es schlecht verkraften, wenn sowohl sein Lohn als auch die mageren Beträge ausblieben, die Rosamund mit Nähen und Flicken verdient hatte. Kit hatte Gilon gegenüber darauf bestanden, sich voll und ganz der Pflege der Zwillinge zu widmen, wenn er wieder arbeiten ging.

Bei Caramon war das einfach. Solange man seine Windel nicht zu naß werden ließ, ging es ihm gut. Laut, rastlos, ständig hungrig, aber gesund.

Mit Raistlin war es anders. Kit mußte ihn genau beobachten, auf sein Atmen hören und ihn dazu bringen, daß er aß. Das kleine Mädchen fand diese Pflichten nicht annähernd so erschöpfend wie die Zeit, in der sie an das Kind dachte und Raistlin inständig aufforderte, doch endlich stärker zu werden.

Als sie heute ans Frühstückmachen ging, hörte Kit ein leises Geräusch und sah sich um. Zu ihrer Überraschung stand Rosamund – wacklig, aber sie stand – auf der Schwelle zu ihrem Raum. Wenn Kit ihr nicht in die Augen gesehen hätte, hätte sie glauben können, es ginge ihrer Mutter gut. Aber Rosamunds Augen waren verschwommen und blicklos.

Als Gilon eine Weile vor der Dämmerung heimkam, begrüßte Kitiara ihn an der Tür. Sie waren übereingekommen, daß Kit bei seiner Rückkehr auf der Stelle aus der engen Hütte fliehen durfte. Anstatt sich gleich zum Abendessen hinzusetzen, spielte die Achtjährige bis zur völligen Dunkelheit. Meistens übte sie Fechten, und zwar so versunken, als wollte sie ihr ganzes Kindsein in die wenigen Stunden zwängen.

»Mutter ist heute viel im Haus herumgelaufen«, berichtete Kit Gilon heute, während sie sich zum Gehen fertigmachte. »Ich mußte sie einmal am Bett festbinden.«

Gilon zog überrascht die Augen hoch und schaute dann in den kleinen Nebenraum. In ihrem fleckigen Nachthemd saß Rosamund in der Ecke im Schaukelstuhl und bewegte die Hände, als würde sie stricken, doch sie hatte weder Nadeln noch Wolle.

»Ich weiß nicht, was die Zwillinge von ihrer Mutter denken, aber sie hat sie überhaupt nicht beachtet«, erzählte Kit Gilon mit einer gewissen Befriedigung, bevor sie in den warmen Sommerabend hinausschoß.

Als die Zwillinge sechs Wochen alt waren, kam Kitiara abends nach dem Spielen nach Hause und fand Rosamund am Küchentisch sitzend vor, wo sie Raistlin auf dem Arm hatte und Caramon in seiner Wiege etwas vorsang. Obwohl Gilon ihr bestimmt geholfen hatte, zu baden und sich anzuziehen, sah Kits Mutter nach der wochenlangen Krankheit immer noch aus wie ein Geist. Doch ihr Gesicht strahlte genauso wie das von Gilon, der daneben stand und die Szene mit freudigem Stolz betrachtete.

Rosamund wandte sich von den Zwillingen ab, als sie Kit in der Tür hörte, und winkte ihre Tochter warmherzig heran. Sie legte Raistlin in seine Wiege, damit sie dem Mädchen ihre blaugeäderten Hände auf die kräftigen Schultern legen konnte. Rosamund versuchte, Kit an sich zu drücken, doch ihre Tochter wich zurück.

»Ich möchte mich bei dir bedanken für alles, was du getan hast. Gilon sagt, du warst … unentbehrlich«, sagte Rosamund mit einem Blick auf das rabenhaarige, kleine Mädchen, der sowohl Liebe als auch Unsicherheit ausdrückte.

Kitiara sah auf den Boden, denn ihre eigenen Gefühle, die zugleich dankbar und trotzig waren, verwirrten sie.

Rosamund stand auf und schlang ihre dünnen Arme ungeschickt um ihre Tochter. Kit blieb starr stehen, lief aber im gleichen Moment zur Tür, als sie merkte, daß ihre Mutter sie losließ.

Rosamund sank erschöpft auf ihren Stuhl zurück, während Gilon sprungbereit daneben stand, ohne zu wissen, was er sagen sollte. Rosamunds Augen füllten sich mit Tränen, während sie ihrer Tochter nachsah, die in die Sommernacht zurückrannte.

»Dein Vater wäre stolz auf dich«, flüsterte Rosamund Kits verschwindender Gestalt nach.

Kapitel 3

Fest des Roten Mondes

Dank Gilon hatten sie immer genug langbrennende Eichenscheite, die sie nachts aufs Feuer legen konnten. Aber gewöhnlich waren die Flammen irgendwann mitten in der Nacht heruntergebrannt, und besonders in den schlimmsten, eisigsten Nächten wollte keiner aufstehen und über den kalten Boden tappen, um das Feuer wieder anzufachen.

Kitiara schlief lieber in ihrem eigenen Kämmerchen, auch wenn das von der Wärme weiter entfernt war. Eine Etage höher und vom Rest der Hütte durch einen dünnen Musselinvorhang abgetrennt, war der Speicher für sie ihr privates Reich. Der Preis für dieses eigene Reich konnte ziemlich hoch sein. In den langen Wintern wachte sie morgens meist zitternd zu einer Kugel zusammengerollt auf.

Es gab ein Gnomensprichwort über die grundsätzlich harten Winter von Solace: »Drei Schichten reichen nicht, und immer guckt die Nase raus.« Die Winter schienen unendlich lang, aber wenn es wirklich keiner mehr ertragen konnte, brach praktisch über Nacht der Frühling an und überraschte selbst die aufmerksamsten Bewohner von Solace.

An diesem speziellen Morgen schlief die zwölfjährige Kitiara noch. Sie hatte sich nicht zusammengerollt – ein gutes Zeichen für das anrückende Wetter. Statt dessen war sie sogar lang auf ihrem Strohlager ausgestreckt. Die Füße hingen über das Ende hinaus, ein Zeichen, daß sie langsam aus ihrer Nische herauswuchs. Im Schlaf war ihr Gesicht kindlich, fast sanft, und ganz anders als der kühle, angelernte Ausdruck, den sie – wenn auch nicht immer überzeugend – grundsätzlich als Teil ihres Panzers gegen die Welt aufsetzte.

Alle Weichheit war schlagartig verschwunden, als sie unerwartet grob in die Seite gepiekst wurde.

Aus Kits Mund kam ein ziemlich phantasievolles Gemurmel, und ohne die Augen aufzuschlagen, drehte sie sich zur Wand und zog die Steppdecke fest um sich. Nach einer Pause ging das Pieksen wieder los, diesmal ins Kreuz.

»Geh weg, Caramon«, murmelte sie verdrossen.

Pieks, pieks.

Langsam drehte sie sich zu dem zudringlichen Quälgeist um, immer noch halb im Schlaf und mit trüben Augen.

»Oh.« Ihre Augen flogen etwas überrascht auf, als sie erkannte, daß die kleine Gestalt nicht Caramon, sondern Raistlin war. Dünn und blaß stand der Kleine, dessen ovales Gesicht von hellbraunen Haarsträhnen umrahmt war, an ihrem Bettrand. Er lächelte geheimnisvoll. Lächeln war selten bei Raistlin, diesem ausgesprochen in sich gekehrten kleinen Jungen.

»Ich bin früh aufgewacht …«, fing er schrill an.

»Aha.« Inzwischen sperrte Kitiara leider beide Augen auf und wußte, daß es aus war mit dem Schlafen. Sie stützte sich auf einen Ellenbogen und betrachtete ihren ungewöhnlichen kleinen Bruder, den sie wirklich liebte, obwohl sie ihn mitunter am liebsten erwürgen würde – eigentlich sogar an den meisten Tagen, besonders jetzt.

Ein Blick nach unten verriet ihr, daß der unternehmungslustigere Bruder, Caramon, noch fest schlief. Er lag auf dem Rücken, seine Zehen zeigten in die Luft, und er schnarchte leise. Die kleinen Betten der Zwillinge standen nebeneinander, aber Caramon lag meistens quer über beide Betten ausgestreckt. Kit wußte, daß Caramon am Vorabend lange aufgeblieben war, weil er unter Gilons Anleitung Schnitzen geübt hatte. Mit dieser neuerworbenen Kunst wollte er sich seinen ersten Holzdolch machen.

Raistlin war wie gewöhnlich kurz nach dem Abendbrot ins Bett gegangen, und Kitiara mußte vor dem knisternden Feuer eingeschlafen sein. Der gute, verläßliche Gilon hatte sie wahrscheinlich die Leiter hoch und in ihr Bett getragen.

Kitiara seufzte. Wie spät war es überhaupt? Pieks, pieks.

»Hörst du jetzt auf damit, Raist?«

Er hatte immer noch dieses komische Lächeln auf dem Gesicht. Was machte ihn heute so fröhlich?

»Ich sagte gerade«, meinte er unnötigerweise, nachdem er sich ihrer Aufmerksamkeit wieder sicher war, »daß ein Vogel mit mir geredet hat … «

Kitiara zog mißtrauisch eine Augenbraue hoch. Die Geschichte kam ihr unwahrscheinlich vor – aber bei Raistlin konnte man nie wissen. Das Kind hatte etwas Eigenartiges an sich, etwas Besonderes. Da er nicht viel mit anderen Kindern redete, sprach er vielleicht wirklich mit Vögeln. Aber ob die ihm antworteten? Und was für Vögel gab es überhaupt zu dieser Jahreszeit in Solace?

»Was für ein Vogel?« fragte sie ungeduldig.

»Brauner Vogel«, erwiderte Raistlin achselzuckend, als wäre das völlig nebensächlich. »Weiße Flügelspitzen«, meinte er nach kurzer Pause. »Ist bloß durchgezogen, irgendwo anders hin.«

»Schön. Und was hat der braune Vogel gesagt?« drängte Kitiara, die sich allmählich aufrichtete.

»Hat gesagt, es wird ein ganz besonderer Tag.«

»Ach«, machte sie wenig beeindruckt. »Ganz besonders gut oder ganz besonders schlecht?«

»Hmm«, meinte Raistlin nachdenklich. »Wahrscheinlich gut. Er hörte sich glücklich an.« Seine ältere Schwester fing an, sich die Stiefel anzuziehen. »Allerdings, bei braunen Vögeln«, setzte er dozierend an, »da weiß man nie so recht. Die finden jeden Tag besonders. Sind leicht zu beeinflussen.«

»Optimisten«, sagte Kit trocken.

»Mhm«, stimmte Raistlin zu.

Sie musterte ihn kurz und kritisch. Sein Gesichtsausdruck war eindeutig raffiniert, fast engelhaft. Nun, Raistlin war der phantasievollere Zwilling.

Gähnend griff sie nach ihrer Tunika und zog sie über den Kopf. Caramon – das war der Berechenbare. Wenn der einen braunen Vogel sah, würde er nicht versuchen, mit ihm zu reden. Er würde versuchen, ihn mit einem Netz zu fangen oder mit einem Stein zu treffen. Wenn es irgendwo laut und wild zuging, wußte man, wo Caramon war.

Sie war todmüde, nachdem sie fast fünf Jahre lang hinter den Zwillingen hergerannt war, sich um sie gekümmert und gesorgt und so gut wie möglich erzogen hatte – sie war praktisch ihre Mutter gewesen. Jetzt kam es Kitiara so vor, als bräuchte sie einen ganzen Monat Schlaf. Ihr Körper rebellierte, und ihr Geist war oft wie benebelt. Sie haßte den Gedanken daran, wie sie sich nach fünf weiteren Jahren mit solchen Pflichten fühlen würde.

Ihre Mutter hatte sich von der traumatischen Geburt der

Zwillinge nie wieder richtig erholt. Rein körperlich schien Rosamund eigentlich nichts zu fehlen, doch sie war mehr im Bett als auf. Seit fünf Jahren aß sie wenig und war nur noch Haut und Knochen. Ihr blaßblondes Haar war gespenstisch weiß geworden. In Rosamunds eingefallenem Gesicht lagen riesige, unheimliche, graue Augen, die in eine unbestimmte Ferne schauten, jenseits dieser Welt.

Nach der Geburt der Zwillinge hatte Yarly Rosamund eine kurze Weile versorgt. Aber Yarly war unerfahrener und noch weniger entgegenkommend als ihre Schwester Minna. Schon bald fand sogar Gilon sie lästig. Sie schuldeten den beiden Hebammenschwestern noch immer eine Stange Geld, und es verging keine Woche, wo Minna nicht vorbeischaute, um das zu erwähnen. Der gutmütige Gilon stotterte die Schuld ganz allmählich ab.

Yarly hatte jedenfalls nicht viel tun können, um Rosamunds geheimnisvolles Leiden zu lindern. Darum behalf sich die Familie jetzt seit langem mit den Mittelchen des Heilers von Solace, einem dicken, vertrauenswürdigen Mann mit stinkendem Atem.

Dieser Mann, Bigardus, kannte Rosamund schon viele Jahre und schien sie wirklich gern zu haben. Als einfacher – Kit neigte zu der Einschätzung »einfältiger« – Heiler hatte er nichts von Minnas Hochmut oder ihren Ansprüchen, was »unerläßlich« war. Er gab zu, daß er keine Ahnung hatte, was Rosamund fehlte, und prahlte nicht mit Allheilmitteln. Aber er versorgte die Familie Majere mit diversen Beuteln und Gläschen mit exotischen Mittelchen, die auf einem kleinen Regal neben Rosamunds Bett aufgereiht standen. Sie schienen ihre wiederkehrenden Schmerzen zu lindern. Hin und wieder kam Bigardus vorbei, um nach Rosamund zu sehen oder einen ihrer Anfälle zu beobachten. Kit mochte ihn. Sie hätte fast sagen können, daß sie sich auf seine unterhaltsamen Besuche freute.

Rosamund konnte monatelang am Rande des Halbschlafs

verbringen. Zeitweise wirkte sie fast heiter, wenn sie mit ihren großen Augen alles so ruhig betrachtete, daß man fast vergaß, daß sie da war. Manchmal überraschte sie alle, indem sie sich plötzlich im Bett aufsetzte und die Zwillinge zu sich rief, um ihnen eine Geschichte zu erzählen. So begannen gewöhnlich die seltenen Abschnitte, in denen Rosamund fast normal erschien. Vielleicht stand sie sogar auf, um ihre Sonnenblumenbrötchen zu backen, die Caramon und Raistlin liebten. Mitunter traute sie sich sogar zum Einkaufen oder zu einem Spaziergang in den Wald, jedoch nur, solange Gilon bei ihr war.

Während dieser scheinbar normalen Zeiten widmete Rosamund den größten Teil ihrer kostbaren Kraft den Zwillingen und Gilon. Selten – Kitiara war sicher, daß sie die Male an einer Hand abzählen konnte – verbrachte Rosamund Zeit mit ihrer Tochter. Es war, als wäre sie unsicher, wie sie sich diesem unabhängigen Mädchen gegenüber verhalten sollte, das die meiste Zeit als Ersatzmutter des Hauses auftrat. Zuerst war Kit wegen der scheinbaren Gleichgültigkeit ihrer Mutter verletzt gewesen, doch das hatte sich inzwischen gelegt.

Rosamunds wache Augenblicke endeten ohne Vorwarnung. Kitiara oder Gilon oder einer der Jungen fanden sie auf dem Boden liegend vor und mußten ihr ins Bett helfen. Dann erlitt Rosamund für kurze Minuten oder endlose Wochen einen ihrer Anfälle, in denen sie qualvolle, entsetzliche Visionen erdulden mußte, die jedermann befremdeten.

Eigentlich gebrauchte nur Bigardus das Wort »Visionen«. Woraus sie bestanden und was ihre Mutter tatsächlich sah, konnte Kit kaum erraten. Die Anfälle kamen aus heiterem Himmel. Ganz plötzlich verzerrte sich Rosamunds Gesicht, und sie fuchtelte mit den Armen herum. Manchmal sprang sie sogar erstaunlich kraftvoll aus dem Bett und rannte im Zimmer herum, wobei sie mit einer unverständlichen Wut Möbel umwarf und Sachen kaputtmachte. Die Worte, die sie hervorbrachte, waren wirr und sinnlos. Warnungen, die sie Gregor, den Zwillingen oder Kitiara zubrüllte. Unsinnige Warnungen.

Einmal hatte die verwirrte Rosamund Kitiara mit ihrem Holzschwert gesehen und die Tochter für deren Vater gehalten. Sie hatte senkrecht im Bett gesessen, die Hände ausgestreckt und mit bemitleidenswerter Freude ausgerufen:

»Gregor, du bist zu mir zurückgekommen!«

Als Kit daran dachte, rümpfte sie die Nase. Gregor war schon vor sechs Wintern ohne ein Wort verschwunden.

Wenn Rosamund zu aufgeregt wurde, mußten sie sie manchmal ans Bett binden. Und wenn ihre Mutter – nach Stunden, Tagen oder Wochen – aus einem ihrer Anfälle aufwachte, konnte sie sich an nichts erinnern. Sie sank völlig kraftlos auf ihr Kissen zurück, und ihr schweißnasses, weißes Haar klebte strähnig um ihr Gesicht. Nach einem solchen Anfall, das wußte Kitiara aus Erfahrung, war ihre Mutter noch nutzloser und noch unwichtiger für das Alltagsleben der Familie.

Kitiara hatte sich alles selbst beigebracht – wie man kochte, wie man nähte und flickte, wie man auf die Jungen achtgab und sie erzog. Abgesehen vom Kochen gelang ihr das alles vielleicht nicht allzu gut, aber – bei den Göttern – sie tat es. Und Kit war stolz auf das, was sie getan hatte, stolz auf ihr Überleben, auch wenn sie die Haushaltspflichten haßte.

Kit erinnerte sich, daß sie ihrer Mutter vor langer Zeit eine Art Liebe entgegengebracht hatte. Es mußte Liebe gewesen sein. Was sollte es sonst gewesen sein? Aber heutzutage fühlte sie ihr gegenüber nichts als Mitleid. Mitleid und wachsende Distanz.

»Ein Vogel!« rief Kitiara aus, die überrascht in die Gegenwart zurückkehrte. Wieder sah sie Raistlin an, der sie von der Leiter aus beobachtete, als versuchte er, ihre Gedanken zu lesen. Sie griff hin und knuffte ihn liebevoll ans Ohr. »Du hast mit einem Vogel geredet! Das heißt ... «

Sie stürzte an ihm vorbei und schwang sich nach unten.

Nachdem sie durchs Zimmer gelaufen war, riß Kit einen Fensterladen auf. Sonnenstrahlen strömten durchs Fenster herein.

Frühling! Sonnenschein, blauer Himmel, duftender Wind und wirklich: Vögel, überall Vögel.

»Frühling!« Zufrieden lehnte sie sich auf die schmale Fensterbank.

»Das versuche ich dir doch die ganze Zeit zu sagen«, meinte Raistlin ernsthaft, der ihr gefolgt war. »Was glaubst du denn, wovon ich geredet habe?«

Sie schaute aus dem Fenster. Der Schnee, der gestern nachmittag noch stellenweise gelegen hatte, war praktisch verschwunden. Der Boden war naß, und überall lugten Knospen und Blümchen heraus. Die Welt war hell und bunt. Von etwas weiter entfernt hörte sie Musik und Gelächter, den Auftakt zu einem Fest. Da fiel ihr ein, daß heute der erste Morgen des jährlichen Marktes des Roten Mondes war.

Begeistert machte sie sich daran, Hosen und Stiefel anzuziehen. Sie stellte fest, daß Gilon bereits aufgebrochen war, zweifellos zum Holzfällen. Jeden Morgen stand ihr Stiefvater bei Tagesanbruch auf und ging an die Arbeit, immer in Begleitung der treuen Amber. Gilon war ein Eigenbrötler und Geheimniskrämer, was sein Holzfällen anging – wie ein Fischer, der seine Lieblingsfangplätze hütet. Er hatte Kitiara nie gebeten, ihn zu begleiten. Darüber war sie allerdings froh. Als einziges von den Geschwistern war der kräftige kleine Caramon einmal eingeladen worden, mitzukommen. Als er von dem Tag im Wald zurückkam, sagte er nicht viel. »Menge Arbeit«, vertraute er Kit und Raistlin an. »Langweilig.«

Rasch durchquerte Kit mit Raistlin im Schlepptau den Raum. Sie spähte durch den handgewebten Vorhang, den Gilon im Eingang zu dem Kämmerchen aufgehängt hatte, das ihm und Rosamund als Privatraum diente. Ihre Mutter schlief noch, stellte Kit nach einem forschenden Blick fest. Gut. Soll sie schlafen. Sie wies Raist an, ruhig zu sein.

Dann schlich sie sich zu Caramon, der immer noch friedlich schnarchte. Raist folgte ihr wie immer. Caramon rührte sich nicht einmal, als sie näher kamen. Dieser kleine Kobold könnte sogar einen Bergrutsch verschlafen, dachte Kitiara.

Sie nahm das Kissen fest in die Hände und beugte sich vor, um nah an sein Ohr zu kommen. Als Kit ihrem kleinen Bruder das Kissen unterm Kopf wegzog, stieß sie einen wilden Schrei aus: »Von Feinden umzingelt!«

Caramons Augen flogen auf, als sein Kopf auf das Kopfteil knallte. Im nächsten Moment war er vom Bett gesprungen und hatte eine kindliche Kampfstellung angenommen. Sein benommener Blick nahm einen etwas dümmlichen Ausdruck an, als er Kitiara auf dem Boden liegen sah, wo sie sich den Bauch hielt. Raistlin lächelte immerhin.

»Aua«, sagte Caramon. »Ich war mitten in einem Traum.«

»Vielleicht träumst du zuviel«, sagte Raist kühl.

Caramon warf ihm einen beleidigten Blick zu.

»Erster Frühlingstag!« verkündete Kitiara. »Der Markt geht los.« Sie war bereits aufgestanden und hielt auf die Tür zu, Raistlin hinterher.

»Was ist mit Mutter? Sollten wir nicht auf Vater warten?« fragte Caramon weinerlich.

Aber Kit und Raist waren schon aus der Tür gelaufen, und Caramon, der mit seinen Kleidern kämpfte, mußte sich beeilen, wenn er sie einholen wollte.

Später am Vormittag brannte die Sonne schon heiß vom Himmel, und jede Erinnerung an den Winter war verflogen. Für jemanden, der während der kalten Monate in Solace festsaß, ganz zu schweigen von denen, die dort ihr ganzes Leben festsaßen –, war dieses erste Frühlingsfest die schönste Zeit im Jahr. Es war ein Tag, an dem sich die Tore des Städtchens wirklich öffneten und an dem es so aussah, als würde der ganze Rest der Welt eintreten und sich fröhlich vorstellen.

Alles Leben in der Stadt spielte sich nicht mehr auf den hohen Hängebrücken, sondern in den unteren Ebenen ab, wo der Marktplatz und die Schmiede lagen. Die Bewohner von Solace liefen auf dem Platz herum, begrüßten Freunde und bildeten Grüppchen, die zu den Nordfeldern außerhalb der Stadt aufbrachen, wo der Markt des Roten Mondes stattfand. Kitiara und ihre beiden Brüder kundschafteten erst den Platz aus, bevor sie sich denen anschlossen, die zum Markt hinüberliefen.

Wo die dicht stehenden Vallenholzbäume aufhörten und der Markt des Roten Mondes begann, blieben Kit und die Jungen einen Augenblick stehen, um alles in sich aufzunehmen – was sie sahen, was sie hörten, die Fremden ...

Händler, die ihr ganzes Leben damit verbrachten, auf Ansalon von Fest zu Fest zu reisen, hatten Zelte mit bunten Wimpeln aufgestellt. An Verkaufsständen wurden Wandbehänge, Glasgefäße und Schmuck, unförmige Möbel, Heilkräuter, Kupfergeschirr und Schuhe, Leinen und Kleider feilgeboten – einfach alles. Notare standen mit Wachs und Pergament bereit, um Verträge zu besiegeln; Musikantengruppen drängten sich durch die Menschenmenge; es gab Vorstellungen mit abgerichteten Tieren und Seiltänzern. Überall herrschte Gedränge.

Es war wirklich die Honigseite des Menschenlebens und einiger, die eindeutig keine Menschen waren. Unter den Reisenden, die zu diesem Fest hergekommen waren, befanden sich viele Kinder, ein paar Elfen, dazu Zwerge, die zumeist für sich blieben, und sogar ein einzelner, hochmütiger Minotaurus, von gewaltiger Gestalt, dem überall, wo er hinkam, eine breite Gasse freigemacht wurde.

Caramon war stehengeblieben, und sein Blick klebte auf ein paar Eisensachen. Er hörte zu, wie der Handwerker die Güte seiner Ware anpries, während er sie an seine Zuhörer verkaufte. Da er unterhalb der Blickhöhe des Mannes sicher war, langte Caramon hin, um die kunstvoll gearbeiteten Schnallen und Sporen zu betasten.

Kitiara und Raistlin warteten ein paar Schritte weiter geduldig auf ihn. Kitiara war inzwischen etwas hungrig geworden und durchsuchte ihre Taschen nach Münzen. Skeptisch sah sie einen Stand an, der gebratene Möwe oder Hase und ein grünes Getränk anbot, in dem gehackter Diptam, Gartenraute, Gänsefingerkraut, Minze und Levkojen zusammengemengt waren. Kein Geld. Egal. Sie reckte ihr Kinn in die Luft und atmete mit tiefen Zügen die Gerüche um sie herum ein.

Dann fiel ihr eine Gruppe Männer in kunterbunter Aufmachung auf, die am Rand des Festplatzes standen. Von einem ihrer Pferde rutschte der Sattel herunter, und ein Mitglied der Gruppe, ein dicker, muskulöser Kerl, gab seinem Knappen eine Ohrfeige. Aber es war mehr ein gutmütiger Klaps gewesen, und die anderen Männer lachten lauthals, als der Knappe sich sputete, alles in Ordnung zu bringen. Die Männer achteten nicht auf das bunte Markttreiben. Sie waren zu wichtigeren Abenteuern unterwegs.

Einen Augenblick lang fragte sich Kit, ob sie sie ansprechen und nach ihrem Vater fragen sollte. Vielleicht hatten sie etwas von Gregor Uth Matar gehört oder ihn sogar einmal getroffen. Sie sahen aus wie Halunken, die viel herumgekommen waren. Aber sie zauderte zu lange, und bevor sie sich ein Herz fassen konnte, waren sie bereits wieder aufgebrochen, wobei sie immer noch lachten und herumbrüllten.

Weil sie so versunken in das war, was um sie herum vorging, überhörte Kitiara die dummdreisten Späße und Sprüche der Kinder hinter ihr zunächst. Aber jetzt wurden ihr einige der Kommentare bewußt.

»Na, wenn das nicht Fräulein Holzfäller ist!«

»Bißchen von der mütterlichen Sorte!«

»Nicht gerade eine Schönheit, soviel steht mal fest!«

Sie drehte sich zu einer Horde Jungen und Mädchen ihres Alters oder etwas älter um. Ein paar von ihnen, die sich mit den Ellenbogen anstießen und einander neckten, kannte sie aus der Schule, auch wenn sie sie eine Weile nicht mehr gesehen hatte. Wegen ihrer häuslichen Pflichten und der Erziehung der Zwillinge hatte Kitiara nur wenig Zeit für die Schule gefunden. Um genau zu sein, hatte sie nur überhaupt sehr wenig Zeit für sich selbst, gerade genug für ein paar Augenblicke Tagträumen oder für ihr geliebtes Schwerttraining. Im letzten Winter hatte sie Gilon erklärt, daß sie nicht mehr in die Schule gehen würde. Ihr Stiefvater wußte nur zu gut, daß Einwände nutzlos waren, wenn Kit ihm etwas sagte und dabei auf diese Weise ihre Hände in die Hüften stemmte und die Lippen aufeinanderpreßte.

Einen der Jungen, den Fetten mit dem rosa Gesicht, das von braunen Sommersprossen übersät war, kannte sie schon von früher her gut – ein zudringlicher Kerl namens Bronk Wister. Bronk war der geborene Unruhestifter, Sohn eines Gerbers, mit dem Gilon hin und wieder Tauschgeschäfte machte. Bronks Vater lächelte Kit immer freundlich an, aber sein Sohn hatte es sich in den Kopf gesetzt, daß er ihr überlegen war. Er reizte sie gern mit Anspielungen auf Gilon, Rosamund und die Zwillinge. Um es ihm heimzuzahlen, rief Kit ihn »Flecki«, aus offensichtlichen Gründen.

»Na, das ist doch unser Flecki«, erwiderte sie und stützte in der für sie typischen Weise die Hände in die Hüften.

Der kleine Raistlin neben ihr beobachtete die Gegner wachsam.

»Heute schon ein paar gute Bäume gefällt?« Bronks höhnisches Lachen klang rauh und mißtönend wie der Schrei eines Esels.

»Mal wieder ein paar Spiegel zerbrochen mit deiner häßlichen Visage?« gab sie zurück.

Die jungen Leute jubelten. Sie wollten ihren Spaß haben, und es war ihnen egal, wer die Zielscheibe des Spottes war. Bronk trat mit verächtlicher Miene vor und krempelte die Ärmel hoch. »Ich sollte dir mal eine Lektion erteilen. Was du brauchst, ist eine ordentliche Tracht Prügel. Genau wie jeder Junge.«

Raistlin schaute sich nervös um, konnte Caramon aber nicht entdecken. Instinktiv wich er einen Schritt zurück.

Im gleichen Moment trat Kitiara vor ihn, um ihren kleinen Bruder abzuschirmen.

Kitiaras Lächeln war abschätzig. Flecki vor seinen blöden Freunden zu verhauen, würde den Morgen so richtig abrunden. Ob sie gewann oder verlor, der Kampf würde sich auf jeden Fall lohnen.

Die Jungen und Mädchen feuerten Bronk an, als er langsam vortrat und dabei mit den Fäusten wie mit kleinen Schilden vor seinen Augen kreiste. Kit suchte sich einen guten Stand und erwartete seinen Angriff.

Plötzlich wurde sie von hinten geschubst und, als sie ihr Gleichgewicht verlor, beiseite geschoben. Ein neuer Kämpfer war galanterweise an ihre Stelle getreten.

»Laß meine Schwester in Ruhe!« schrie der fünfjährige Caramon, der seine kleinen Fäuste phantasievoll erhoben hielt. In der einen Hand schwang er einen dicken Ast, der fast so lang war wie er selbst. Kits kleiner Bruder reichte ihr erst gerade bis zur Brust, aber er war stämmig – und mutig – für sein Alter. Seine braunen Augen – kaum zu sehen hinter den strubbeligen, goldbraunen Haaren, die ihm in die Stirn hingen – blitzten vor Wut.

Den Zuschauern gefiel die Wende. Sie brachen erneut in Gelächter, Gejohle und Anfeuern aus. Bronk jedoch starrte sie ungläubig an. »Ach, sie braucht Hilfe von ihrem kleinen Brüderchen. Wie niedlich!«

»Pssst!« flüsterte Kitiara, allerdings nicht besonders leise. »Zurück, Caramon. Das hier ist mein Kampf.«

»Das wäre nicht ehrenhaft«, fing Caramon ernsthaft an und versuchte, sich dabei wie ein großer Krieger anzuhören. Der Robustere der beiden Majerebrüder stapfte vor, um sich Bronk zu stellen, der stehengeblieben war, weil er nicht recht wußte, mit wem oder mit wie vielen er jetzt kämpfen sollte.

Dann kam wieder ein Schubs von hinten, und diesmal stolperte Caramon Hals über Kopf nach vorn, prallte gegen einen Gemüsekarren und brachte diesen gefährlich ins Schwanken. Der Besitzer, der mitten aus einem vielversprechenden Verkaufsgespräch gerissen wurde, stieß einen Fluch aus. Er packte den Jungen am Kragen seiner Tunika und hob ihn hoch, bis Caramons Beine in der Luft baumelten. Das war wirklich das Spaßigste bisher, fand die wachsende Zuschauerzahl.

»Ich werd' dir schon beibringen, was ehrenhaft ist und was nicht, kleiner Bruder«, schalt Kitiara. »Besonders wenn es um meine Ehre geht.«

Caramon riß sich von dem Gemüsehändler los und klopfte sich würdevoll den Staub ab. Rachsüchtig funkelte er Kitiara an.

»Ich wollte ein Kav ... Kav ...«

»Kavalier!« flüsterte Raistlin, bevor er sich auf ein Stück Felsen setzte. Er sah mit seinen wäßrigen Augen lange nicht so fasziniert zu wie der Rest der Gruppe.

»Kavalier sein!« rief Caramon mit einem dankbaren Blick zu seinem Bruder. Wild entschlossen baute er sich vor Kitiara auf – die Nase in ihrer Brusthöhe.

»Dann versuch doch, woanders Kavalier zu sein«, schlug Kitiara einlenkend vor. Sie stieß ihn zur Seite.

»Undankbare!« sagte Caramon, der wieder vortrat.

»Hosenscheißer!« gab sie mit blitzenden Augen zurück.

Inzwischen hatten die anderen Bronk vergessen, und der Streithahn hatte sich – etwas erleichtert – in der Menge in Sicherheit gebracht. Alle Augen hingen an Caramon, als dieser den ersten Angriff führte, indem er seinen Stock hochschwang und Kit fest gegen den rechten Arm schlug. Auf diese schnelle Attacke folgte eine zweite, die sie an den Knien traf. Keuchend krümmte sie sich zusammen.

Von den Zuschauern – jetzt genausoviel Erwachsene wie Kinder – kamen anfeuernde Rufe, während sie sich zu einem

Halbkreis um die streitenden Geschwister scharten. Caramon gelang es irgendwie, über Kitiaras zusammengekauerte Gestalt zu springen und ihr dabei mit dem Griff seiner Spielwaffe einen Schlag gegen den Rücken zu verpassen. Für ein so kleines Kind zeigte er eine beeindruckende Körperbeherrschung.

Doch noch während Caramon sich umdrehte, um zufrieden in die Menge zu grinsen, richtete Kit sich auf und fuhr auf ihn los, packte den Jungen am Bauch und warf ihn sich über die Schulter wie einen Sack Kartoffeln. Sie wirbelte ihn einmal im Kreis, um ihn dann in hohem Bogen rücklings in das brackige Wasser eines nahen Trogs zu schmeißen.

Die Menge explodierte vor Schadenfreude. Diese Schreie brachen ab, als Caramon aus dem Trog sprang und sich – triefnaß und verschmiert – auf seine Schwester stürzte. Dabei stieß er etwas aus, was er für einen solamnischen Kriegsruf hielt. Caramon erinnerte sich vage daran, mal so etwas gehört zu haben, doch in Wahrheit war es eher der Spottruf eines Kenders.

Zack! Diesmal fing Kitiara seinen Schlag mit dem ausgestreckten Arm ab und den nächsten mit der Hand, so daß Caramon sich einmal im Kreis drehte – wo hat er denn das gelernt? fragte Kit sich beiläufig –, um dann von hinten ihre Schulter zu treffen.

Kitiara rieb sich betreten die Schulter, war aber trotz des Schmerzes amüsiert. Sie hatten schon oft auf diese Weise im Wald gerauft. Gut, daß der Stock nicht besonders dick oder schwer war, fand sie. Caramon hingegen wurde allmählich richtig munter. »Autsch!« schrie sie auf, als sie etwas am Ohr traf. »Das hat jetzt weh getan!«

»Tschuldigung«, sagte Caramon keuchend. Er grinste wie ein betrunkener Kender und amüsierte sich offensichtlich ebenfalls.

Kitiara fuhr herum, duckte sich und erwischte die Beine des Dreikäsehochs. Während Caramon Schlag um Schlag auf ihren

Kopf niedersausen ließ, warf Kit ihn auf die Erde. Er ließ den Stock fallen, und sie schaffte es, diesen fortzutreten.

Dabei nagelte sie Caramon an den Boden, schnappte sich eins seiner Beine und bog es nach hinten.

Gleichzeitig allerdings konnte er hinter sich greifen und ihren Kopf festhalten. Sie waren fast miteinander verknotet, grunzten und stöhnten, während sie sein Bein verbog und er an ihrem Hals zog.

»Gib auf!« forderte Kit, die sein Bein so dicht an seinen Rücken drückte, daß die Menge vor Mitleid mit dem Jungen aufstöhnte.

»Niemals!« brüllte Caramon.

Die Zuschauer bestärkten ihn noch in seinem trotzigen Hochmut. Kit bog Caramons Bein weiter zurück, bis sie schon bald die Knochen knacken hörte. Im Gegenzug hielt er ihren Kopf noch fester. Während sein Gesicht gegen den Boden gedrückt wurde, wurde ihres so weit zurückgebogen, bis sie den Himmel sah.

»Los, gib auf!«

»Gib du doch auf!«

»Ich habe gewonnen!«

»Ich hab' zuerst gewonnen!«

»Soll Raist doch entscheiden!«

Pause. »Na gut.«

»Raist? Raist?«

Kitiara schaffte es, ihren Hals so weit herumzudrehen, bis sie sehen konnte, daß Raistlin verschwunden war. Caramons Zwillingsbruder hatte dieses unterhaltsame Schauspiel in seinem kurzen Leben schon ein paarmal zu oft mitangesehen und langweilte sich schnell dabei. Und so war Raist einfach weitergelaufen.

Kitiara sprang auf. »Raistlin!«

Auch Caramon sprang auf und rieb sich das Gesicht. Seine Tunika war stellenweise zerrissen. An Kitiaras Ohr lief ein dünner Blutstreifen herunter. »Oh, Mann«, maulte Caramon, »wo kann er denn bloß hin sein?« Kitiara fuhr wütend zu ihm herum. »Wie oft muß ich es dir noch sagen? Du bist sein Bruder! Du bist genauso für ihn verantwortlich wie ich!«

Caramons Miene war nicht nur zerschlagen, sondern auch zerknirscht. »Mann, wieso soll ich mich eigentlich immer um ihn kümmern? Du bist doch die große Schwester, oder? Außerdem habe ich –«

Kitiara spie die Worte regelrecht aus. »Du bist sein Zwillingsbruder, sein *Zwilling*. Ihr seid zwei Hälften vom gleichen Ganzen. Und er ist nicht so stark wie du. Das weißt du. Ich werde nicht den Rest meines Lebens für euch zwei den Babysitter spielen. Also such ihn, und zwar schnell!«

Sie wollte Caramon einen Tritt versetzten, der ging jedoch knapp daneben. Der kleine Bruder hatte sich ihre Worte zu Herzen genommen und fegte bereits los, um seinen verschwundenen Zwilling zu suchen.

Erschöpft sank Kitiara zu Boden. Da sie erkannt hatten, daß der Spaß vorbei war, waren die meisten Zuschauer verschwunden. Anscheinend beachtete sie keiner mehr. Kit betastete ihr Ohr und griff dann nach vorn, um ihren einen Stiefel wieder richtig anzuziehen, den sie irgendwie fast verloren hatte.

»Du hättest dich von ihm besiegen lassen sollen!«

Sie sah hoch, und vor ihr stand ein Mädchen in ihrem Alter mit blauen Augen und rotblonden Haaren, die ihr lockig über die Schultern fielen. Aurelie Damark, die kokette Tochter eines Möbeltischlers aus Solace, war eine der wenigen Freundinnen von Kit. Sie waren eigentlich völlig gegensätzlich, aber Kitiara mußte zugeben, daß Aurelie sie zum Lachen brachte.

»Von Caramon?« schimpfte Kit, während sie ihre Freundin mit einem Lächeln begrüßte.

»Nein, von Flecki!« antwortete Aurelie ernsthaft. »Was glaubst du, warum er immer auf dir herumhackt?«

»Wahrscheinlich aus lauter Bosheit und Dummheit«, erklärte Kit prompt.

Aurelie setzte sich neben Kit und streckte ihre schlaksigen Beine aus. »Ganz und gar nicht«, rügte sie Kit. »Auch wenn ich über seine Dummheit keinen Streit anfangen würde.« Sie kicherte. »Er mag dich!«

Kitiara blickte ihrer Freundin fest in die Augen, weil sie glaubte, daß Aurelie sie aufziehen wollte.

»Flecki?«

»So häßlich ist er doch gar nicht«, sagte Aurelie nachdrücklich, während sie ihr rosaweißes Kleid zurechtzupfte, damit es sich wie eine Korallenmuschel über dem dreckigen Boden ausbreitete. Mit ihren rosigen Wangen und den langen Wimpern war Aurelie der Inbegriff von Weiblichkeit. »Jungen mögen es, wenn Mädchen sich hart zeigen, sagt Vater. Allerdings«, sie hielt inne und dachte einen Augenblick nach, »Mutter sagt, sie ziehen ein weichherziges Mädchen vor. Außen hart, innen weich. Was sagt dein Vater?«

Kitiara seufzte. Sie konnte Aurelies Geplapper nie nachvollziehen. »Hat gesagt … hat gesagt. Ich habe meinen Vater fast sechs Jahre nicht mehr gesehen, Aurelie. Das weißt du doch.«

»Natürlich weiß ich das«, sagte Aurelie verteidigend. »Ich meine Gilon, deinen Stiefvater, wenn du es so genau nehmen willst. Was sagt der denn?«

»Der redet nicht viel, ein Glück«, meinte Kitiara. Sie schaute ihre Freundin zornig an. »Es geht im Leben sowieso nicht nur darum, einen Mann abzukriegen«, erklärte sie.

»Oh, das finde ich aber doch«, sagte Aurelie und schüttelte den Kopf anmutig. »Meiner Meinung nach mag dich Bronk, weil du dich stark und hart zeigst. Aber es wäre besser, ihn gewinnen zu lassen, wenn's ums Raufen und Kämpfen geht. Männer haben ihren Stolz, und bei Jungs ist das schlimmer.«

Damit griff sie in eine Rockfalte und holte ein dickes Stück

Früchtebrot heraus, das sie in der Mitte durchbrach, um Kit dann die eine Hälfte anzubieten.

Kit mußte lächeln. Die beiden Mädchen verzehrten flüsternd und lachend die Köstlichkeit. Die Jahrmarktbesucher strömten um sie herum.

»Fräulein Kitiara ...«

Kit sah auf und blickte diesmal Minna ins Gesicht.

Die alte Hebamme ihrer Mutter fixierte sie mit berechnender Miene. Kit hatte die alte Schachtel monatelang nicht gesehen. Aurelie sprang höflich auf, und Kitiara folgte widerstrebend ihrem Beispiel.

»Wie geht es denn deiner lieben Mutter im Moment?« fragte Minna.

»Danke, gut«, meinte Kit mit leiser Stimme.

»Ich habe sie lange nicht gesehen«, fuhr Minna fort und kniff die Augen zusammen.

Nein, und das wirst du auch nicht, du alte Hexe, hätte Kit am liebsten gesagt, brachte jedoch kein Wort hervor, und ihr Blick klebte am Boden.

»Ja, aber sie läuft doch auch hier auf dem Markt herum und amüsiert sich«, mischte sich Aurelie mit unschuldiger Stimme ein.

»Was? Hier?« Minna war ganz perplex bei dieser Nachricht.

»Aber ja«, bestätigte Aurelie keck. »Sie ist mit uns gekommen, und dann ... Ihr wißt, wie das ist, sie mußte mit diesen beiden unmöglichen Knirpsen irgendwohin. Sie haben sie an Armen und Beinen gezogen – das sah so komisch aus –, und sie hat die ganze Zeit so gelacht.«

»Wo? Wo sind sie hin?« Minna starrte über die Köpfe der Menge hinweg, weil sie auf neuen Klatsch brannte.

»Oh, Ihr werdet sie drüben bei den Spielen finden, wenn Ihr sie begrüßen wollt, Madame«, erklärte Aurelie honigsüß.

»Das sollte ich wohl tun«, entgegnete Minna mißtrauisch.

Sie musterte Kit durchdringend, doch deren höfliche Miene verriet gar nichts.

»Und wenn Ihr sie seht, dann sagt ihr bitte, daß wir nachkommen«, sagte Aurelie.

»Ja, ja, mach' ich«, meinte Minna geschäftig mit einem letzten Blick über die Schulter, während sie durch die Menge davoneilte. Die Hebamme war davon überzeugt, daß sie an der Nase herumgeführt wurde, aber da man nie wissen konnte, wollte sie wenigstens versuchen, Rosamund aufzuspüren.

Als Minna außer Sichtweite war, fielen sich die Mädchen in die Arme. Sie lachten und lachten und konnten eine ganze Weile überhaupt nicht mehr aufhören.

»Das war genau das richtige«, sagte Kit schließlich japsend.

Sie kicherten wieder. »Ja, Madame, und sie hat soviel Spaß gehabt, wirklich!« Aurelie äffte sich selber nach.

Auf einmal hörte Kitiara auf und holte tief Luft.

»Oh, ich muß die Zwillinge suchen«, murmelte sie.

»Keine Sorge«, tröstete Aurelie, »die sind bestimmt ...«

»Trotzdem«, meinte Kitiara, die sich zum Gehen wandte.

»Na, schön«, maulte Aurelie, die ihr folgte. »Ungezogene Bengel, alle beide.«

Während Kitiara mit Caramon kämpfte, schob sich ein großer, dünner Mann mit stechendem Katzenblick, weißen Wimpern und ledriger Haut durch die Menge um Raistlin und verteilte Karten. Automatisch streckte Raistlin die Hand aus, und der Mann legte eine Karte in seine kleine Handfläche. Es stand eine merkwürdige Inschrift darauf. Der kleine Junge konnte noch nicht sehr gut lesen, aber er konnte ein Symbol auf dem Stück Papier erkennen – eines der vielen speziellen Symbole eines umherziehenden Zauberers.

Als der Mann ging, stand Raistlin auf und folgte ihm. Geschmeidig bahnte sich der Mann einen Weg durch die Menge, an verschiedenen Ständen vorbei, um ein paar Felsen und

Bäume herum, einen Pfad hinunter, an dessen Rand Leute saßen und ihr Mittagessen verzehrten, bis zu einer kleinen Lichtung, die als Bühne für eine Vorstellung hergerichtet war. Der schlurfende Mann nickte Raist verschwörerisch zu und teilte unterwegs weiter Karten aus. Die Menge schien für ihn auseinanderzuweichen und ihn dann zu verschlucken.

Raistlin betrachtete das Zentrum der Lichtung. Dort hatte sich bereits ein Kreis von Leuten um einen Mann geschlossen, der eine Aufführung vorbereitete. Als der Mann einen Moment aufsah, kam es Raistlin so vor, als hätte er ihn schon einmal gesehen. Er sah sich nach hinten um, wo der Mann mit den Karten zuletzt gewesen war, und dann wieder nach vorn zu dem anderen. Der Mann, der die Vorstellung aufbaute, glich dem anderen, nur daß dieser hier eine etwas verblichene gelbe Robe trug.

Zwillinge! sagte sich Raistlin, wie Caramon und ich. Weil dieser Zufall ihn fesselte, ging der Junge näher. Bald gehörte er zu dem guten Dutzend Leute, die herumstanden, sich unterhielten und darauf warteten, daß der reisende Zauberer mit seiner Vorstellung begann.

Der Mann sortierte Behälter, Schriftrollen und kleine Gegenstände auf einem Gestell, das er aufgebaut hatte.

Dabei murmelte er in sich hinein und nickte und zwinkerte aber gelegentlich Leuten aus der Menge zu. Besonders eine von den Zuschauerinnen, ein junges Mädchen mit langen Zöpfen und zarter Haut, schien ihn zu interessieren. Als er sich räusperte, um anzufangen, ruhten seine Augen einen Moment auf ihm.

Er fischte eine kleine Münze aus seinem Gewand, hielt sie in die Höhe und trug sie dann zum Rand der Lichtung, wo er sie einem krummbeinigen Bauern, der ihn mit offenem Mund anstarrte, auf die Stirn drückte. »Denk gut nach«, fing der Magier an. »Denk an etwas, das dir wichtig ist. Ein Wort oder zwei. Versuch nicht, einen schlauen, alten Zauberer reinzulegen ...«

Der Bauer runzelte gewaltig die Stirn, denn das Denken war für ihn offenbar genauso mühsam wie das Pflügen. »Neue Kuh«, gab der Zauberer mit großer Geste bekannt, und über das Gesicht des Bauern ging ein erstaunter Ausdruck, der darauf hinwies, daß der Zauberer es richtig erraten hatte.

Dieser ging die Reihe weiter durch und kam zu dem Mädchen, das er beobachtet hatte. Ihr drückte er die Münze sanfter auf die Stirn und schaute ihr tief ins junge Gesicht. Im Gegensatz zu dem Bauern blieb ihre Miene unbeschwert. Der Zauberer schien gut zu überlegen, bevor er ausrief: »Ein junger Mann namens ... Artis!« Sie klatschte entzückt in die Hände, als er etwas stirnrunzelnd weitermachte, als wäre er etwas enttäuscht über das, was ihre Gedanken verrieten.

Raistlin sah überrascht, daß die Hand mit der Münze sich nach ihm ausstreckte. Während er den Mann fest ansah, drückte der ihm die magische Münze auf seine verschwitzte Stirn. »Jetzt ein Kind. Kindergedanken sind leicht zu durchschauen«, verkündete der Magier, der sich vorbeugte, als würde er mit einem Ohr auf die Ansage der Münze lauschen. Raistlins Gesicht war entsetzt. Er wand sich ein bißchen, blieb aber wie angewurzelt stehen, weil er auf die Enthüllung wartete.

Wahrscheinlich bemerkte niemand außer Raistlin die Überraschung, die das Gesicht des Mannes kurz ausdrückte, als der sich um einen Einblick bemühte, der nicht kommen wollte. Der Magier in der gelben Robe beugte sich weiter vor, und die Zuschauer, die auf seine Worte warteten, folgten seinem Beispiel. Es gab eine Pause von mindestens einer Minute.

»Bonbons!« erklärte der Magier, der sich mit eindrucksvoller Geste aufrichtete. Die Zuschauer jubelten und klatschten. »Bonbons«, wiederholte der Zauberer, der sich wieder seinen anderen Utensilien zuwandte und einen weiteren vergeblichen Blick auf das hübsche, junge Mädchen warf.

Keiner achtete viel auf Raistlin. »Ich habe gar nicht an Bonbons gedacht«, sagte der leise vor sich hin. Aber er mußte zugeben, daß der alte Fuchs die Menge im Griff hatte. Der Junge kam näher, denn der Illusionist war bereits zu seinem nächsten Trick übergegangen.

Diesmal bewegte der Mann geschickt die Hände und sang ein paar Worte. Er zog Schubladen auf, aus denen Tauben herausflogen, machte Taschen auf, in denen er funkelnde Trinkbecher fand, riß buntes Papier in Fetzen und setzte diese dann wieder zusammen. Irgendwo in seinem Innersten wußte Raistlin, daß das alles nur Hokuspokus war, nichts Schwieriges und auf jeden Fall keine großartige Magie. Aber mit seinen fünf Jahren hatte der Junge noch nie eine so erstaunliche Vorstellung gesehen. Die Menge schaute ehrfürchtig schweigend zu. Raistlin selbst war wie gebannt.

»Da bist du ja, Raist!« Caramon tauchte neben ihm auf und tat furchtbar wichtig. »Kitiara hat gesagt, ich soll dich suchen und sofort zurückbringen.« Er sah sich etwas verloren um. »Obwohl ich nicht so genau weiß, wo ›zurück‹ jetzt eigentlich –«

»Schsch!« Raistlin warf ihm einen strengen Blick zu und beachtete seinen Bruder dann nicht weiter.

Caramon war gerade rechtzeitig zum Höhepunkt der Vorführung des Wanderzauberers aufgetaucht, wahrscheinlich dem Gipfel seiner gesamten Kunst. Soweit Caramon das beurteilen konnte, jonglierte der große, dünne Zauberer mit mehreren Lichtkugeln. ›Na, toll‹, dachte er. Alles in allem interessierten Zauberkunststückchen Caramon etwa ebensosehr wie Raistlin die Ringkämpfe seines Bruders.

Caramon sah sich um, weil er nach Kitiara Ausschau hielt, als ein lautes Hurra aus der Menge aufstieg. Er sah zurück, es war aber schon zu spät. Der Höhepunkt war vorüber, und der Magier packte seine Sachen zusammen. Ein anderer Mann – fast ein Doppelgänger des Zauberers, dachte Caramon stirnrunzelnd – lief bereits mit einem Korb für Spenden herum.

»Was hat er gemacht?« fragte Caramon Raistlin. »Was hat er gemacht?«

Aber Raistlin sagte nichts, und sein Gesichtsausdruck war fast glückselig.

»Da seid ihr zwei ja!« meinte eine kräftige Stimme, und jedem fiel eine Hand auf die Schulter. »Ihr solltet längst zu Hause sein. Und wo ist Kitiara?«

Es war Gilon, und Amber stand an seiner Seite. Er drückte seine beiden Söhne an sich und setzte sich dann Raistlin mühelos auf seine breiten Schultern. »Komm schon!« rief er Caramon zu. »Wo ist Kit?« fragte er wieder, wobei er sich zögernd umsah.

»Äh«, machte Caramon, der nach hinten schaute. »Da hinten. Oder irgendwo da. Wir wurden getrennt, weil Raist –«

Gilon schimpfte liebevoll mit Caramon. »Du hast deine Pflichten, und ihr solltet eure Mutter nicht zu Hause allein lassen. Das wißt ihr.« Er sah sich wieder um. »Nun«, meinte er achselzuckend, »Kit wird schon kommen.«

Gilon schlug ein rasches Tempo an. Caramon mußte rennen, um Schritt zu halten. Raistlin, der auf den Schultern seines Vaters auf und ab hüpfte, verrenkte sich den Kopf, um einen letzten Blick auf den Magier in der ausgeblichenen gelben Robe zu erhaschen. Aber er und sein Doppelgänger waren bereits verschwunden.

Hinter einem Zelt hervorspähend hatten Kitiara und Aurelie ihren Abzug beobachtet. Aurelie dachte nach und kaute dabei auf ihrem Daumennagel herum.

»Ich sollte wirklich gehen«, setzte Kit an.

Aurelie hielt einen ihrer bestickten Beutel hoch und schüttelte ihn, so daß Kitiara die Münzen darin klimpern hörte. »Ich habe genug für uns beide«, sagte sie einladend. »Es gibt Bratwürstchen und Kuchen und ...«

Kitiara runzelte die Stirn, denn die häuslichen Pflichten riefen sie.

»Und da drüben«, erklärte Aurelie durchtrieben, »bauen sie gerade alles für die Wettkämpfe auf. Es dürfen auch Mädchen teilnehmen!«

Kit brauchte nicht lange überredet zu werden. »Na gut, nur für ein paar Stunden!« sagte sie.

Mehr als einer der jungen Burschen mußte an diesem Frühlingstag in Solace heftig schlucken, als ein Mädchen, das einige Jahre jünger war als die meisten teilnehmenden Jungen, den ersten Platz im Lianenklettern, Barfußrennen und beim Wildwasserfahren davontrug.

Aurelie versuchte noch einmal, Kitiara zu erklären, daß sie es sich angewöhnen sollte, gelegentlich einen Jungen gewinnnen zu lassen, wenn sie später jemals einen für sich erobern und glücklich verheiratet sein wollte.

Aber Kit hatte gute Laune. Aurelie konnte ihr die nicht verderben.

Bronk Wister hing mit seinem kleinen Bruder Dune herum und schaute den Wettkämpfen nur zu. Immer wenn Kits Name angesagt wurde, lachten sie höhnisch. Aurelie, die ja schließlich Kits Verstärkung war, fing mit der Zeit an, ihre Freundin vom Rand her anzufeuern.

Anschließend teilten sie sich ein Täschchen mit Gutscheinen, die Kit für ihre Siege bekommen hatte. Man konnte sie gegen Essen oder Eintrittskarten umtauschen. Die beiden Mädchen stopften sich mit Zuckerzeug voll, bis ihnen der Bauch weh tat. Dann spielten sie ein paar Glücksspiele, die von zwielichtigen Kerlen in Zelten veranstaltet wurden, hatten aber kein Glück. Aurelie vermutete, daß es dabei wahrscheinlich nicht mit rechten Dingen zuging.

Sie sahen sich die Auslagen der Händler an, und Aurelie feilschte um ein blankes Kupferarmband, während Kit einen Beutel Magneten erstand, deren geometrische Formen ihr gefielen.

Nach einigen Stunden streckten sie sich erschöpft in einer Ecke des Platzes im Gras aus. Kit fiel ein Schild an einem kleinen, gestreiften Zelt auf, das sie bisher übersehen hatte: »Die berühmte Madame Dragatsnu sagt die Zukunft voraus!« Ein dicker, wichtig aussehender Mann verließ gerade mit zufriedener Miene das Zelt.

Kit war Feuer und Flamme, aber als sie die Gutscheine in ihrer Hand zählte, wurde ihr klar, daß sie nur noch für einen Blick in die Zukunft reichten.

»Na, geh schon«, sagte Aurelie. Sie hatte Kits Gedanken gelesen. »Meine Zukunft ist im Moment genau hier.«

Als Kit sich unter der Zeltklappe hindurch duckte, landete sie genau vor der alten Madame Dragatsnu, einer kleinen, dunkelhäutigen Frau mit graumeliertem Haar, der am Kinn und aus der Nase Haare wuchsen.

Die Zukunftsdeuterin trug ein einfaches braunes Kleid und saß auf einem Webteppich.

Sie wirkte nicht besonders beeindruckend. Als Kit sich umsah, entdeckte sie keines der geheimnisvollen Hilfsmittel, die man gewöhnlich mit einem Blick in die Zukunft in Verbindung brachte – keine Kristallkugel, keinen Becher mit Knochen, keine Gläser mit Teeblättern oder so.

»Setz dich, Kind«, sagte Madame Dragatsnu, deren belegte Stimme leichte Verärgerung verriet. Kit konnte ihren seltsamen Akzent nicht einordnen.

Kit setzte sich im Schneidersitz der Hellseherin gegenüber. Madame Dragatsnus glitzernde Augen schienen die Entfernung zu ihr zu überwinden und sie zu überwältigen.

»Es geht nicht um mich«, sagte das Mädchen leise und sah plötzlich verlegen nach unten. »Das Schicksal, meine ich.«

»Also deinen Liebsten?«

Kit sah trotzig hoch. »Nein.« Sie legte die Gutscheine hin, die sie fest in der Hand gehalten hatte, und schob sie der alten Frau hin. Die nickte.

»Hast du etwas, das dieser Person gehört?«

Kit griff in ihre Tunika und zog ein Stück Pergament heraus – das solamnische Wappen ihres Vaters. Sie hatte es heute eingesteckt, weil sie gehofft hatte, Leute aus jener Region zu sehen, die ihr vielleicht Auskunft über Gregor oder seine Familie geben konnten, wenn sie ihnen das Wappen zeigte.

»Es ist –«

»Dein Vater«, schnitt Madame Dragatsnu ihr das Wort ab.

Kit sah die Wahrsagerin hoffnungsvoll an. Madame Dragatsnu drehte das Pergament immer wieder in den Händen und betastete regelrecht sinnlich seine Oberfläche, als wäre es ein seltener Stoff. Während sie das tat, starrte sie nicht Gregors solamnisches Symbol, sondern Kit selbst an. Ihr undurchschaubarer Gesichtsausdruck verriet Kit überhaupt nichts, aber wie ihre Augen glühten!

»Ich hatte gehofft«, sagte Kit wieder leise, »daß Ihr mir vielleicht sagen könnt, wo er ist.«

»Ich sage nichts über die Gegenwart«, sagte Madame Dragatsnu in scharfem Ton. »Zukunftsvorhersagen. Das steht auf dem Schild.«

Kit lief rot an. »Könnt Ihr mir etwas über seine Zukunft sagen?«

»Schsch!«

Es folgte minutenlanges Schweigen, währenddessen die Hellseherin weiter das Pergament befühlte und Kit anstarrte, der es schwerfiel, still zu sitzen.

»Wie lange hast du ihn nicht mehr gesehen?« fragte die Wahrsagerin unerwartet. Die Frage war weniger überraschend als die Art, in der sie gestellt wurde. Madame Dragatsnu hatte ihren geschäftsmäßigen Ton abgelegt und ließ unmißverständlich Mitleid durchklingen.

»Über fünf Jahre.«

»Mhmmm. Ich kann dir nicht besonders viel sagen. Norden, glaube ich. Ja. Irgendwo im Norden.«

»Er hat Verwandte im Norden, ich glaube, in Solamnia«, meinte Kit aufgeregt.

»Woanders«, erklärte Madame Dragatsnu. Wieder folgte langes Schweigen, als sie Gregors grobe Tintenzeichnung des Wappens mit dem Finger nachfuhr. »Eine Schlacht«, fuhr sie wie in Trance fort. »Eine große Schlacht, viele Männer –«

»Wird er in Gefahr sein?« Kit konnte sich kaum halten.

»Ja.«

Kitiara sog mit klopfendem Herzen rasch den Atem ein. Gregor in Gefahr!

»Aber nicht in der Schlacht«, sagte Madame Dragatsnu mit Nachdruck. »Die Schlacht wird er gewinnen.«

»Wie dann?« drängte Kit.

Madame Dragatsnu machte eine Pause. »Hinterher.«

»Wann?« forderte Kit. »Wann?«

Madame Dragatsnu starrte sie an. »Bald. Sehr bald.«

»Was kann ich tun? Was könnt Ihr mir noch sagen?« Kit schrie die alte Hexe vor Aufregung fast an.

Die Wahrsagerin blieb ungerührt. Sie ließ sich viel Zeit mit ihrer Antwort, und bevor sie diese äußerte, faltete sie Gregors Zeichnung wieder zusammen und händigte sie Kitiara aus.

»Nichts. Die Antwort auf beide Fragen lautet: Nichts.«

Wutentbrannt sprang Kit auf und rannte aus dem Zelt. Sie flüchtete sich hinter einen abseits stehenden Baum, denn in ihren Augen standen Tränen. Das war alles so eine blöde Lügenzukunft. Solche Wahrsager waren auf Jahrmärkten so allgegenwärtig wie Stechfliegen. Die alte Schrulle hatte kein Ahnung von Gregors Zukunft. Es war nur ein blindes Raten gewesen, als Madame Dragatsnu behauptet hatte, die Tintenzeichnung hätte etwas mit ihrem Vater zu tun.

Kit brauchte eine Weile, bis sie sich davon überzeugt, sich beruhigt und ihre Augen getrocknet hatte. Dann kehrte sie zu Aurelie zurück, die auf dem Rücken liegend eingeschlafen war und mit einem Lächeln auf den Lippen schlummerte.

»Gute Nachrichten?« fragte ihre hübsche Freundin, nachdem Kit sie geweckt hatte.

»Hokuspokus«, erklärte Kit mit fester Stimme und einem Kopfschütteln. »Reine Verschwendung. Komm, es ist spät. Ich muß nach Hause.«

Eine ganze Weile nach Sonnenuntergang öffnete Kit leise die Tür zu ihrer Hütte und schlüpfte hinein. Ihr Gesicht war müde und dreckverschmiert, ihre Kleider schmutzig und zerrissen. Aber sie hatte die Vorhersage der Zukunftsdeuterin verdrängt und war ungewöhnlich glücklich. Sie brauchte einen Moment, bis sich ihre Augen von der Dunkelheit der Nacht an das merkwürdige Licht drinnen gewöhnt hatten.

»Psst!« Gilon ergriff ihren Arm und zog sie neben sich auf den Boden herunter.

»Wo bist du gewesen?« wollte Caramon wissen. Er saß neben seinem Vater.

Ehe sie antworten konnte, flüsterte Gilon: »Ist schon gut.« Mit der Hand strich er sanft Kits schwarze Haare zurück. »Sieh nur!«

Jetzt sah sie, was vor sich ging. Raistlin stand in der Mitte des Raums und gab eine Art Vorstellung. Zaubertricks? Ja, Raistlin machte Zaubertricks.

»Ich weiß nicht, wie er sie gelernt hat«, vertraute ihr Caramon an, der sich zu ihr lehnte, »aber er macht das schon den ganzen Abend. Er ist echt gut!«

Raistlins Gesichtsausdruck war ernst und konzentriert. Der Junge hielt seine Hände hoch. Dazwischen hing – wie, wußte Kitiara wirklich nicht – ein Ball aus weißem Licht. Raists Hände bewegten sich langsam und flatternd, während aus seinem Mund ein leiser Singsang von kaum verständlichen Worten kam, falls es überhaupt Worte waren. Einen Augenblick lang stellte Kit unbehaglich fest, daß sie sich wie Rosamunds Geplapper während ihrer Trancen anhörten.

Raistlin bewegte die Hände. Der Lichtball teilte sich in mehrere Lichtkugeln, mit denen er zu jonglieren begann. Er machte eine schnelle Bewegung. Die Kugeln teilten sich erneut, diesmal in Dutzende kleinerer Lichtkugeln. Noch eine Bewegung, und sie wurden zu Hunderten von Kügelchen, die wie Schneeflocken glitzerten, dabei aber wie lebendig pochten und zuckten und sich in einem kunstvollen Muster bewegten.

Schließlich wurden Raistlins Worte und Gesten langsamer. Auch die Lichter kamen fast zum Stillstand. Gilon, Caramon und Kit beobachteten schweigend Raistlins Gesicht, das jetzt einen beinahe schmerzhaft konzentrierten Ausdruck zeigte. Plötzlich murmelte Raist etwas und machte eine rasche, gezielte Geste.

Die Lichtbälle begannen zu rotieren, zu wachsen und in hellen, kräftigen Farben zu erstrahlen. Dann explodierten sie schneller, als man wahrnehmen konnte, in kleine Figuren: Feuerblumen, Muschelblüten, kometenhafte Schmetterlinge. Es war ein Trommelfeuer leiser Knallgeräusche, dem als Höhepunkt eine weiße Lichtexplosion folgte, die alle kurzfristig sprachlos und geblendet dasitzen ließ.

»Was ist los? Was ist passiert?« fragte Rosamund mit vor Schreck zitternder Stimme. Mit ängstlich verzerrtem Gesicht klammerte sie sich an den Türrahmen ihrer Kammer.

Gilon sprang eilig auf, um sie zurück ins Bett zu bringen und wieder zu beruhigen.

Jetzt war wieder alles normal. Raistlin kam und setzte sich. Er streckte Bruder und Schwester die Hände entgegen, und beide nahmen sie. Kitiara und Caramon lachten vor lauter Freude, und – was wirklich ungewöhnlich war – Raistlin lachte mit.

Kapitel 4

Die Zauberschule

Gilon packte etwas Brot und Käse für unterwegs ein, während Kitiara Raistlin ein letztes Mal musterte. Hände und Gesicht – sauber. Tunika und Hosen – an den Knien und Ellbogen gestopft, aber vorzeigbar. Kit reckte sich und gähnte. Als Gilon sie heute geweckt hatte, war die vorfrühlingshafte Sonne noch nicht zu sehen gewesen.

Raistlin sah ihr zu. Wenn Raistlin so still hielt, mußte er fürchterlich aufgeregt sein, weil er heute in die Zauberschule gehen sollte, dachte Kitiara. Bei der Aussicht auf einen solchen Ausflug wäre Caramon – wie die meisten Sechsjährigen – unbändig herumgesprungen und hätte eine Million Fragen gestellt.

Nicht aber Raistlin. Immer war er ruhig und aufmerksam, und jetzt, als er seine Vorstellung beim Zaubermeister vor sich hatte, wurde er noch ruhiger.

»Ich werde nie so groß und stark sein wie Caramon, nicht wahr? Egal, mit wieviel Klebzeug du meine Beine einreibst?« hatte er Kit am Vorabend gefragt, als sie ihn für die Nacht zurechtgemacht und eine übelriechende Salbe auf seinen Armen und Beinen verteilt hatte. Seit dem letzten Besuch des Heilers Bigardus gehörte das für ihn zum Zubettgehen. Nachdem Bigardus an jenem Tag Rosamund behandelt hatte, hatte er sich die spindeldürren Arme und Beine von Klein-Raistlin angeschaut und mißbilligend das Gesicht verzogen. Dann hatte er in seiner Medizintasche herumgewühlt und eine kräftigende Baumwurzelsalbe herausgezogen, mit der Kit Raistlins Gliedmaßen jeden Abend einreiben sollte. Na gut, hatte Kitiara voller Skepsis gedacht, vielleicht war die Salbe ja einen Versuch wert.

Gestern abend, als er sich schon auf seinen Ausflug zum Zaubermeister freute, hatte Raist gegen die stinkende Gewohnheit protestiert.

»Dieses Zeug wird nichts daran ändern, wie ich bin«, erklärte er überzeugt. »Ich werde immer klein und schwach sein. Das weiß ich. Macht mir auch nichts aus. Du brauchst gar nicht glauben, daß du immer auf mich aufpassen mußt.«

Kitiara hatte sich vorgebeugt, ihren kleinen Bruder schnell in die Arme geschlossen und insgeheim über seine Beobachtungsgabe gestaunt. Es verging tatsächlich kein Tag, an dem sie nicht darüber nachdachte, wie sie es anstellen konnte, daß sie sich nicht mehr ständig um ihre jüngeren Brüder kümmern mußte – nicht nur Raistlin, sondern auch Caramon. Sie war fast vierzehn. Sie wollte endlich auf eigene Faust losziehen, etwas von der Welt sehen, vielleicht sogar ihren Vater aufspüren. Sie hatte es zutiefst satt, all das zu tun, was Rosamund hätte tun sollen, wenn die nicht ihre blöden Trancen gehabt hätte.

Raist hatte sie weggestoßen und sich mit rotem Kopf aufrecht ins Bett gesetzt. Seine Augen hatten gefunkelt.

»Wenn ich erst mal ein Zauberer bin«, schwor der kleine Junge, »dann wird sich keiner mehr um mich kümmern müssen! Ich werde es sein, der sich um Vater und Mutter und Caramon kümmert. Und ich werde auch für alle anderen sorgen, wenn ich es für nötig halte.«

»Große Reden«, sagte Kit freundlich, fuhr ihm durchs Haar und stellte den Rest der Salbe weg. »Genau wie dein Bruder.«

»Ja, großer Redner«, piepste Caramon schläfrig aus seinem Bett.

»Ihr werdet schon sehen«, sagte Raistlin.

»Schlaft jetzt, alle beide. Morgen ist ein großer Tag.«

Raist, der am Abend immer erschöpft war, war in sein Kissen zurückgesunken. Sein blasses Gesicht glänzte vor Schweiß. Seine Augenlider flatterten noch, und dann fiel er in einen unruhigen Schlaf.

Kit hatte Raist noch ein paar Minuten beobachtet, um sicherzugehen, daß er richtig schlief. Es war noch eine Gewohnheit, aus seiner Babyzeit, als sie ihn ständig beobachtet hatte und manchmal die ganze Nacht wachgeblieben war, damit sie merkte, falls seine Atmung aussetzte.

Um Caramon hingegen hatte sie sich nie sorgen müssen. Der schnarchte bereits zufrieden in dem kleinen Holzbett neben Raistlin an der Wand gegenüber von Rosamunds und Gilons Schlafkammer. Trotz all seiner Energie schlief Caramon meist noch vor seinem jüngeren Bruder.

An dem Morgen, an dem Raistlin den Zaubermeister aufsuchen sollte, lag Caramon noch im Bett. Er war so in sein Bettzeug verknäult, als hätte er im Traum mit einer Riesenschlange gekämpft. Als Gilon ihm erklärt hatte, er müsse zu Hause bleiben, hatte er protestiert, doch das hatte sich schnell gelegt, nachdem Rosamund versprochen hatte, sie würden Sonnenblumenbrötchen backen.

Rosamund ging es seit einiger Zeit etwas besser. Sie hatte angefangen, sich morgens richtig anzuziehen, sich regelmäßig die Haare zu kämmen und sie mit Perlen und Blumen zu schmücken. Ihr Gesicht, für gewöhnlich angespannt und angstgequält, wirkte in den letzten Wochen viel befreiter, ja beinahe glücklich.

Jetzt stand Kits Mutter am Küchentisch und machte Tee für die drei Ausflügler. Kit wich dem Blick ihrer Mutter aus, als sie hinging und sich eine Tasse holte. Und während Rosamund sich um das Feuer kümmerte, nahm Gilon, der gerade aus der Schlafkammer kam, Kit beiseite.

»Caramon weiß, daß er losrennen und Bigardus holen muß, falls Rosamund ... falls ... du weißt schon ...«, brach er ab und blickte Kit ängstlich an.

»Falls sie durchdreht, meinst du«, sagte Kit direkt, ohne auf den verletzten Ausdruck zu achten, der über Gilons Gesicht glitt. »Ja. Caramon kann vielleicht sonst nichts für Mutter tun, aber jedenfalls kann er rennen. Und«, fügte sie hinzu, als sie sah, wie Gilons Besorgnis wuchs, »er braucht nicht lange zu Bigardus und zurück, solange er unterwegs keinen seiner dämlichen Freunde trifft und –«

»Vielleicht sollten wir doch nicht gehen«, sagte Gilon. »Ich meine, wenn du glaubst, daß deiner Mutter etwas passiert, oder daß Caramon ohne uns nicht zurechtkommt ...« Zweifelnd hob er die Hände.

Es war Gilons Idee gewesen, heute der Zauberschule einen Besuch abzustatten. Kits Stiefvater hatte zwei lange Abende am Küchentisch verbracht und an einem Brief an den Zaubermeister gesessen, in dem er ihn bitten wollte, Raistlin als Schüler aufzunehmen. Auf der Suche nach den richtigen Worten, dem richtigen Ton, hatte er sich den Kopf zermartert. Aber er war mit keinem seiner vielen Entwürfe zufrieden gewesen, und am Ende des zweiten Abends war er aufgestanden, hatte das Papier zerknüllt und ins Feuer geworfen.

»Briefe sind so unpersönlich«, hatte er erklärt. Er werde selbst hingehen und für sein jüngstes Kind vorsprechen. Dann konnte der Zaubermeister gleich sehen, was für ein begabter Schüler Raistlin wäre.

Die Zauberschule lag irgendwo verborgen am Rand von Solace.

Ihre genaue Lage gab Anlaß zu Gerüchten und Klatsch, und Kit kannte niemanden, der glaubhaft versichern konnte, daß er wirklich dagewesen war. Doch der geradlinige, dickköpfige Gilon war entschlossen, sie zu finden. Kit wußte, daß Gilon Raists Zukunft genauso »sichern« wollte wie sie selbst, wenn auch aus anderen Gründen.

»Nein, nein, Caramon wird schon klarkommen. Nur Rosamund schafft das vielleicht nicht. Wir müssen einfach dreimal auf Holz klopfen«, meinte sie zu Gilon – ohne ihn besonders zu trösten.

Während ihres heimlichen Geflüsters war Caramon aufgewacht und schläfrig zum Tisch geschlurft, wo Rosamund Raistlin zu ein paar Löffeln Getreidebrei zu überreden versuchte. Kit sah, wie ihre Mutter sich mit liebevollem Lächeln Caramon zuwandte und ihn umarmte, bevor sie ihm eine große Schale Brei vorsetzte. Caramon vertilgte eifrig sein Frühstück und fragte mit vollem Mund, was es sonst noch zu essen gab.

Beide Jungen betrachteten ihre Mutter hingebungsvoll, denn sie waren offensichtlich entzückt, daß sie auf war und herumlief. Rosamund sah von ihrer Arbeit auf und begegnete Kits prüfendem Blick.

»Kitiara, willst du nicht auch etwas essen, bevor ihr aufbrecht? Ihr habt heute morgen einiges vor, und wer weiß, was für Gastfreundschaft euch an eurem Ziel erwartet«, sagte Rosamund freundlich.

»Mach dir um mich keine Sorgen, Mutter.« Kit mußte eine Schärfe in dieses Wort gelegt haben, die ihre Mutter zusammenzucken ließ. »Ich habe Brot und Käse eingepackt, genug für mich und Gilon und Raistlin. Ich kann mich gut um mich selbst kümmern – das mach' ich schließlich seit Jahren. Fang bloß nicht an, dir jetzt Gedanken um mich zu machen.«

Rosamund wurde rot und wandte sich wieder den Zwillingen zu. Caramon, der sich eifrig Brei in den Mund schaufelte, hatte nicht auf den Wortwechsel geachtet, aber der immer aufmerksame Raistlin hatte stirnrunzelnd zugehört.

Gilon kam von draußen herein und löste die Spannung. »Mach zu, Raist. Wir wollen früh da sein, damit der Zaubermeister auch Zeit hat, uns zu empfangen. Kit, bist du fertig?«

Raistlin rutschte von seinem Stuhl, ließ sich von Rosamund das Gesicht abwischen und stellte sich zu Gilon an die Tür. Kit band den Beutel mit Vorräten zu, den sie vorbereitet hatte, und warf ihn sich über die Schulter. Gilon gab Rosamund einen sanften Kuß auf die Stirn und zögerte dann.

Offensichtlich war er immer noch hin und her gerissen, ob er sie und Caramon den Tag über allein lassen sollte.

Rosamund, die wie der Inbegriff einer – wenn auch etwas ungepflegten – Hausfrau aussah, zuckte angesichts seiner Besorgnis liebevoll mit den Schultern. »Geht schon«, drängte sie. »Wir kommen schon zurecht.«

Als sie das Haus verließen, hatte Caramon bereits den Mörser aus dem Geschirrschrank geholt und kniete auf einem Stuhl am Eßtisch, wo er entschlossen Sonnenblumenkerne zerquetschte, während seine Mutter strahlend vor Stolz zusah.

Kit ging als letzte. Sie beobachtete die häusliche Idylle, bevor sie die Tür zumachte, wobei sie gleichermaßen von Neid wie von Trotz erfaßt wurde. Sie haßte es, wie Gilon und die Zwillinge Rosamund während ihrer »normalen« Zeiten anhimmelten. Wenn ihre Mutter je etwas Zeit mit Kit allein verbracht hatte, dann war das so lange her, daß sie sich nicht mehr daran erinnern konnte.

Die drei stiegen über Hängebrücken und Rampen zwischen den Vallenholzbäumen auf einen der Wege hinunter, die sich zwischen den Stämmen der riesigen Bäume zum Südrand von Solace wanden. Kit, die zu Hause nicht gefrühstückt hatte, holte Schwarzbrot und Käse aus ihrem Sack und begann, im Gehen zu essen.

Gilon wurde langsamer, ließ sich neben sie zurückfallen, und sprach mit gesenkter Stimme, damit Raist ihn nicht hörte. »Auch wenn ich noch nie da war, müßte es ein Marsch von einer guten Stunde bis zu dem Ort sein, wo der Zaubermeister angeblich seine Schule hat. Hält Raist das durch? Sollten wir auf halber Strecke rasten? Wir wollen schließlich nicht, daß er allzu erschöpft dort ankommt.«

Kit sah die kleine Gestalt, die pflichtschuldig vor ihnen her wanderte. Raistlins Augen betrachteten neugierig den Himmel, die Baumwipfel und den Wegrand und blieben immer wieder an interessanten Dingen hängen. Er achtete nicht auf Kit und Gilon, denn er stellte sich vor, er wäre der kühne Leiter ihrer kleinen Expedition.

»Wenn es so aussieht, als ob er müde wird, können wir ihn abwechselnd auf dem Rücken tragen«, sagte Kit, um dann flüsternd hinzuzufügen, »– wäre nicht das erste Mal.« Obwohl Raistlin seiner Schwester ähnlich sah, hatte er nichts von ihrer kräftigen Drahtigkeit.

Es war ein warmer Morgen, an dem die Lieder der Vögel, die aus ihren Winterquartieren zurück waren, von willkommenem Wind herangetragen wurden. Kit merkte, wie sich ihre Laune verbesserte, als sie auf die alte Brücke über den Solacer Bach zuhielten. Bald verließen sie den Weg. Gilon kannte eine Abkürzung durch den Wald, der sich am Krystallmirsee entlangzog.

Schon bald traten die drei aus den Schatten der Vallenholzbäume in weniger bewaldetes Hügelland. Raist trottete weiterhin vor Kitiara und Gilon her. Es war ihm nicht anzumerken, ob seine Kräfte nachließen. Er mußte wirklich sehr aufgeregt sein, dachte Kit bei sich.

Eine Dreiviertelstunde verstrich, ohne daß sie viel geredet hatten. Zu dritt hintereinander folgten sie einem engen, steinigen Pfad, der sich durch das hohe gelbe Gras und die wilden Blumen wand, die den Frühling ankündigten. Kleine Tierchen huschten vor ihnen über den Pfad, und scheinbar aus dem Nichts flogen Vögel vom Boden auf. Es war ein schönes Land, und seine natürliche Harmonie tat den Wanderern gut.

Kit träumte von ihrem Vater vor sich hin, als ein lauter Ruf von Raist sie in die Gegenwart zurückriß. Raist hüpfte zwischen Kit und Gilon auf und ab, zog sie am Ärmel und zeigte nach vorne, während er rief: »Seht doch, seht, das ist sie! Die Schule!«

Ein Felsen ragte ganz unvermittelt wie eine kleine Insel mitten im Meer aus der gleichmäßigen Landschaft auf. Eben hatten sie ihn noch nicht gesehen. Die gleißende Sonne ließ sie ihre Augen mit der Hand beschatten. Der Felsen bildete einen steilen Hügel, dessen Ausmaße im hellen Sonnenlicht schlecht zu erkennen waren. Die Farben waren verblichen, die Seiten mit Kalkstein bedeckt, die Spitze nicht zu sehen. Kitiara mußte blinzeln, damit sie glauben konnte, was sie sah.

»Das ist sie! Das ist sie! Seht ihr denn nicht?« forderte Raistlin sie mit offensichtlicher Ungeduld auf.

Beim Näherkommen erkannten Kit und Gilon, was Raistlin meinte: die helle Steinfassade eines Eingangs, der so perfekt an seine Umgebung angepaßt war, daß er für Vorbeigehende fast unsichtbar war. Durch diese Tarnung sorgte der Zauberer für das Besondere an seiner Schule und beschützte gleichzeitig seine Schüler vor möglichen böswilligen Anschlägen durch die ansässige Bevölkerung, die – wie die meisten intelligenten Wesen auf Krynn – Zauberei mit Skepsis, Mißtrauen oder offener Feindseligkeit begegneten.

Gilons staunendes Gesicht verriet, wie sehr der ungewöhnliche Ort den Holzfäller beeindruckte. Raist hingegen zeigte keinerlei Ehrfurcht. Viel eher sah das Kind zufrieden aus, als könne es an diesem Ort nichts beeindrucken.

Die Zauberschule war in den Hügel gebaut und durch Felsen und den kargen Bewuchs darauf getarnt. Zwischen dem Geröll und den Büschen hindurch konnte man aus der Nähe auch das Gebäude ausmachen. Kitiara sah hoch und entdeckte etwas, bei dem sie sich fragte, wie sie es hatte übersehen können. In regelmäßigen Abständen stiegen Enten und andere Wasservögel von der Spitze des felsigen Hügels auf, was sie auf den Gedanken brachte, daß es dort einen versteckten Teich geben mußte.

Als sie in ein paar Metern Entfernung stehenblieben, hörten sie ein leises Rumpeln, und mit erstaunlicher Leichtigkeit schwang die schwere Eingangstür auf. Jemand hatte aufgemacht, ohne daß sie irgendwie auf sich aufmerksam gemacht hatten! Während sie Raistlin nach drinnen folgte, mußte Kit Gilon einen Rippenstoß versetzen, weil dessen Mund ganz unhöflich offenstand. Die Tür fiel hinter ihnen wieder zu.

Sie standen am Anfang eines Korridors mit Wänden aus glattem Alabaster, der sich langsam im Uhrzeigersinn nach oben schraubte. Der Gang hatte keine sichtbare Lichtquelle, sondern die Helligkeit schien direkt aus dem blaßgrauen Stein hervorzudringen. Raistlin war bereits vorgelaufen. Gilon und Kit eilten ihm hinterher. Der gewundene Gang führte an zahlreichen, fest geschlossenen Eisentüren vorbei, an denen Raistlin jedoch vorbeilief, ohne sie auch nur eines Blickes zu würdigen. Er wirkte sehr zielstrebig.

Zehn Minuten lang folgten sie dem spiralförmigen Gang und kamen dabei nach Kits Zählung an siebenundzwanzig Türen vorbei. Schließlich waren sie oben – oder zumindest am Ende des merkwürdigen Gangs. Vor ihnen lag eine eindrucksvolle eiserne Doppeltür, deren schwarzes Metall mit Runen und fein eingearbeiteten Zaubersprüchen verziert war.

Kit merkte, wie sie zurückblieb und sich dicht an Gilon hielt. Ihr kleiner Bruder hatte die Türen als erster erreicht, schien jedoch mit dem Anklopfen zu zögern. Er stand leicht vorgebeugt davor, als ob er herausfinden wollte, was ihn wohl dahinter erwartete. Es blieb Gilon überlassen, ein paar Sekunden später neben seinen Sohn zu treten, um einfach zu klopfen.

Kit wartete unruhig, nicht mehr aus Nervosität, sondern weil sie sich über denjenigen ärgerte, der diesen ganzen Hokuspokus veranstaltete. Das alles diente ganz offensichtlich dem Zweck, Besucher einzuschüchtern.

Die drei – ein schlicht gekleideter, stämmiger Holzfäller, ein kleinwüchsiger Sechsjähriger und ein schlankes, junges Mädchen mit dunklem Lockenkopf – warteten in unterschiedlicher Haltung, doch allen gemeinsam war ihre Ungeduld. Lange Zeit kam von der inneren Tür, anders als bei der äußeren, keinerlei Reaktion auf ihre Anwesenheit.

Schließlich quietschten die eisernen Angeln, und die Doppeltür schwang nach innen auf. Gilon, Raist und Kitiara betraten einen großen, kreisrunden Raum ohne Fenster oder Lampen. Jedes Stückchen Wand war mit Bücherregalen zugestellt, die sich unter ihrer Last bogen – Hunderte von geheimnisvollen, in Leder gebundenen Büchern, dazu Hunderte von einfachen, mit Zahlen versehenen Bänden, eine ganze Wand voll dünner Schriften und Hefte mit akkurat geordneten Aufsätzen, eine weitere Wand mit gelben, zerfallenden Manuskripten, die sorgfältig mit Bändern verschnürt waren, und reihenweise weitere Aufzeichnungen und Ordner.

Durch die durchscheinende, kuppelförmige Decke drang gedämpftes Licht herein. Erst als Kit beim Hochgucken draußen einen Hecht schwimmen sah, der mit der Schwanzflosse schlug, erkannte sie, daß dieses Zimmer direkt unter dem Teich auf dem getarnten Berg lag.

In der Mitte des Raums stand ein riesiger Holztisch, hinter dem eine verhüllte Gestalt wartend saß. Die Kapuze, die das

Gesicht verhüllte, hatte die Farbe der ausgeblichenen Steine, die über den Berg verteilt waren. Wie jedes Kind auf Krynn wußte, war das ein Zeichen dafür, daß der Zaubermeister mit den Kräften des Guten im Bunde war.

Unvermittelt schlug der Magier seine Kapuze zurück, unter der sein kurzgeschorenes, stahlgraues Haar zum Vorschein kam. Schwarze Augen blitzten die Besucher an.

»Ich bin Morat. Ich sollte euch in meiner bescheidenen Studierstube willkommen heißen, doch ihr seid ohne Einladung aufgetaucht, und –«, hierbei seufzte Morat und machte eine müde Handbewegung, »– ich kann wenig Zeit auf ungeladene Gäste verschwenden. Also bitte ich euch, euer Anliegen vorzubringen und wieder zu gehen.«

Gilon straffte seine Schultern und trat vor.

»Wenn Ihr so gut sein wolltet, Herr, ich bin Gilon Majere, hier aus Solace. Ich möchte meinen Sohn, Raistlin Majere, in Eure Zauberschule schicken, die in dieser Gegend wohlbekannt ist. Ich weiß, daß er noch recht klein ist, aber er hat bereits Interesse und Begabung für Eure Kunst bewiesen. Als er noch nicht einmal fünf war, konnte er schon einem Wanderzauberer die Tricks abgucken und nachmachen, der auf dem Markt des Roten Mondes auftrat.«

Gilons Zuversicht war während seiner kurzen Rede gewachsen. Am Ende strahlte er richtig vor Vaterstolz.

»Schön!« Mit deutlichem Sarkasmus richtete Morat dieses Wort an Gilon, wobei er das kleine Kind neben seinem Vater überhaupt nicht beachtete. »Hat ein paar Taschenspielertricks nachgemacht, ja? Ein Wunderkind, ja? Nein, das glaub' ich nicht. Da muß man doch wohl unterscheiden. Reine Fingerfertigkeit hat nichts mit echter Magie zu tun. Ein richtiger Schüler würde das wissen.«

Der Zaubermeister fixierte Raistlins blasses, ovales Gesicht. Raist erwiderte den Blick ungerührt. Kit bewunderte die Unerschrockenheit ihres kleinen Bruders.

Raistlin hatte das ganze letzte Jahr dauernd von Zauberei geredet und häufig Fragen gestellt, auf die Kit keine Antwort wußte. Er hatte das Thema vor jedermann aufgebracht, selbst vor seiner Mutter. Kit wußte, daß Raistlin auf die paar Illusionen stolz war, die er sich hatte abgucken können. Sie wußte, daß ihn die Möglichkeiten und die Macht stärkerer Magie faszinierten. Und sie haßte diesen Zauberer, der ihn wie ein Dummerchen behandelte.

So wie sie einst um das Leben des Neugeborenen gekämpft hatte, konzentrierte sich Kit jetzt darauf, ihren kleinen Bruder bei diesem ungleichen Willensduell geistig zu unterstützen. Sie war sich nicht sicher, aber sie glaubte, einen Hauch von Neugier in Morats strengem Gesichtsausdruck zu entdecken, als Raist nicht nachgab, sondern dem durchdringenden Blick standhielt.

»Selbst wenn das etwas zu sagen hätte«, fuhr Morat wie nebensächlich fort, »nehme ich Schüler erst frühestens ab acht an, und sie müssen dazu fähig sein, schwierige und unverständliche Lektüre leicht zu lesen. Meine Schule ist nicht für Grundlagen da. Der Junge hier ist zu klein. Zu jung. Er würde hinter den anderen herhinken, die bereits in vielerlei Hinsicht junge Männer sind.«

Gilon wollte gerade antworten, als Raistlin seine Verteidigung selbst übernahm. »Ich kann lesen«, sagte er einfach. »Ich kann alles lesen.«

Morat wirkte erzürnt. Er stand von seinem Stuhl auf, ging zu einem nahen Bücherregal und zog dort nach kurzem Überlegen einen der dickeren, geheimnisvolleren Bände heraus, um ihn dann Raistlin zu geben, der unter dem Gewicht kurz ins Taumeln geriet. Der Sechsjährige setzte sich im Schneidersitz auf den Boden, das Buch auf dem Schoß. Dann sah er fragend den Zaubermeister an.

»Schlag das dritte Kapitel auf«, befahl Morat, »und fang an, den vierten Absatz vorzulesen. Richtige Betonung, bitte.«

Mit gewissen Schwierigkeiten öffnete Raistlin das verstaubte Buch und überflog das lange Inhaltsverzeichnis. Ganz in seine Aufgabe versunken, fuhr sein Finger durch das Verzeichnis, suchte die Seitenzahl des Kapitels und schlug es auf. Wieder nahm er den Finger, um den richtigen Absatz zu finden, den er dann mit belegter Stimme vorlas.

»Ein Zauberer verwandelt seinen Körper in einen Kanal für Energieströme und Wirbel von allen Existenzebenen. Durch die richtigen Gesänge kann er bestimmte Kräfte oder bestimmte Kombinationen von Kräften anziehen und dann umformen und so lenken, wie er es wünscht …

Morat starrte Raistlin durchdringend an. Kit kam es so vor, als wollte der Zaubermeister seine Reaktion verbergen. In jenen Tagen waren Zauberkundige selten; sie konnte sich vorstellen, daß er es sich kaum leisten konnte, Schüler abzuweisen. Doch Magier waren meist sehr eingebildet und handelten weder logisch noch aus Notwendigkeit. Morats Bedingungen mußten erfüllt werden. Entschlossen las Raist weiter.

»Das reicht«, meinte Morat kurz angebunden, riß dem Jungen das Buch aus den Händen und stellte es ins Regal zurück.

Raist, der mitten im Satz unterbrochen wurde, sah überrascht auf. Seine Augen brannten vor Zorn, das sah Kit. Sie wußte, daß in ihren Augen, die seinen so ähnlich waren, der gleiche Ausdruck stand. Gilon wartete an der Seite. Seine großen Hände hingen ungelenk herab. Er schwieg, denn er wußte nicht, wie er sich verhalten sollte.

Morat lief verärgert im Kreis herum. Er faßte ein paar Bücher an, als er ein paar Regale streifte. Vor lauter Konzentration ignorierte er die drei Besucher praktisch völlig, die gespannt seine nächste Reaktion erwarteten. Kit und Gilon sahen sich verunsichert an.

Das Sonnenlicht, das von oben hereinfiel, verlieh dem Zaubermeister eine goldene Aura, als er an Kit vorbeikam. In dem Moment, bevor seine strengen Züge wieder im Schatten lagen, bekam Kit einen weniger einschüchternden Eindruck von Morat.

»Antworte mir«, sagte der Zaubermeister plötzlich zu Raistlin, der immer noch im Schneidersitz auf dem Boden saß. Erwartungsvoll stand der Junge auf. »Was glaubst du, welchen Spitznamen dieser Ort hat, ein Name, den ich nicht kennen sollte, der aber hinter meinem Rücken allen Zauberlehrlingen geläufig ist?« Die Andeutung eines – nicht ganz unfreundlichen – Lächelns umspielte Morats Lippen, als er sich zu Raistlin herunterbeugte.

»Nun, es ist die Zauberschule, was sonst?« platzte Gilon heraus.

Kitiara warf ihrem Stiefvater einen vernichtenden Blick zu. Gilon setzte eine selbstbewußte Miene auf, als er merkte, daß er einen Bock geschossen hatte.

»Nein, nein«, sagte Morat verächtlich. »Laß den Jungen antworten.«

Es folgte ein kurzes Schweigen, in dem Morats und Raistlins Blicke sich trafen. Wieder zuckte der kleine Junge nicht mit der Wimper, sondern widerstand den Augen des Zaubermeisters.

»Du brauchst dich nicht zu zieren, es ist kein Geheimnis«, meinte Morat mit spöttischer Jovialität. »Aber nur die, die das Privileg genießen, hier zu lernen, erfahren davon. Konzentrier dich, Junge. Rate mal. Oder gibst du auf?« Alte Bergspitze, riet Kitiara für sich.

Raistlin ließ sich mit seiner Antwort Zeit. »Bergspitze wäre die offensichtliche Antwort«, sagte er schließlich langsam, »und –«

»Falsch! Falsch!« fauchte Morat und richtete sich wieder auf. Sein Triumph war etwas zu offenkundig.

»Ihr habt mich nicht ausreden lassen!« schimpfte Raistlin, der höchst respektlos die Stimme erhob. Gilon zuckte zusammen. Kitiara mußte ein Lächeln unterdrücken.

»Und deshalb, wollte ich sagen, haben sie wahrscheinlich einen Namen wie Teichgrund oder Trockensee erfunden. Ich weiß nicht, was daran wichtig ist oder wieso das ein Test sein soll«, endete Raistlin mürrisch.

»Es ist auch nicht wichtig!« erregte sich Morat seinerseits mit erhobener Stimme und zusammengebissenen Zähnen. »Ich habe nicht behauptet, daß es wichtig ist!«

Der Zaubermeister schlug seine Robe um sich und kehrte mit offenbarem Zorn zu der eisernen Doppeltür zurück. »Ihr könnt jetzt gehen«, befahl er.

Mit enttäuschter Miene liefen die drei zum Ausgang zurück, doch Morat verstellte Raist, der als letzter kam, den Weg.

»Du nicht«, sagte er nachdrücklich. Als die anderen ihn erklärungsheischend ansahen, meinte Morat etwas pikiert: »Es ist wirklich Teichgrund. Teichgrund! Blöder Name. Wenn sogar ein Sechsjähriger darauf kommt, könnte die Schule genausogut Misthaufen heißen!«

Achselzuckend riß der Zaubermeister an einer Schnur, die neben der Tür herunterhing. Eines der schweren Bücherregale schwang wie ein Schleusentor auf und enthüllte dahinter ein rechteckiges, karg möbliertes Nebenzimmer mit einem einfachen Tisch und zwei schlichten Stühlen. Auf dem Tisch lagen Papier und Schreibzeug und dazu ein paar Bücher.

Morat drehte Raistlin um und schubste ihn in den kleinen Raum. Dann redete er wieder mit Gilon und Kitiara, welche staunend die Augen aufrissen.

»Ich muß eine genauere Prüfung durchführen«, erklärte Morat in einem Tonfall, der keinen Widerspruch zuließ. »Kommt heute abend wieder.« Ohne weitere Umschweife schlug ihnen der Zaubermeister die Doppeltür vor der Nase zu.

Kit schäumte. »Was glaubt dieser Gossenzwerg von Zauberer eigentlich, wer er ist? Ich finde nicht, daß wir Raistlin hierlassen sollten.«

Aber das meiste davon war nur hilfloses Gestammel, denn

Gilon hatte seine Stieftochter fest am Arm gepackt und schob sie rasch den Wendelgang hinunter und aus der Schule namens Teichgrund hinaus.

»Es wird Raistlin guttun, diese alte Kunst zu lernen«, sagte Gilon freundlich, als er sie draußen losließ. »Es bedeutet ihm viel. Aus diesem Grunde können wir Morats Ungastlichkeit ruhig ignorieren. Nutzen wir den Tag für den Jahrmarkt von Solace.«

Kit sah sich grimmig, aber ziellos um, bevor sie mit den Schultern zuckte. Im Grunde war es eine einmalige Gelegenheit, mal einen halben Tag allein zu verbringen. Und auf dem Weg nach Solace zum diesjährigen Markt des Roten Mondes hob sich sofort ihre Stimmung.

Auf einer kleinen Anhöhe blieb sie stehen und drehte sich noch einmal nach der Zauberschule um. Es überraschte sie nicht, daß sie den Umriß des weißen, felsigen Hügels kaum ausmachen konnte, der im grellen Schein der späten Morgensonne fast unsichtbar war.

Kit sah Gilon an, der schweigend neben ihr stand. Er war ganz anders als ihr richtiger Vater. Trotzdem und trotz der Tatsache, daß Holzfällen ihr wenig imponierte und sie das eintönige Leben von Gilon nicht mochte, gefiel es Kit, wie sich ihr Stiefvater um die Zwillinge kümmerte. Und es gefiel ihr, daß er nie versucht hatte, sie herumzukommandieren. Gilon war alles in allem nicht völlig blöd.

Nach einem tiefen Seufzer sagte Kit mit gezierter Stimme, indem sie die des Magiers nachahmte: »Teichgrund! Könnte auch gleich Misthaufen heißen!«

Kit grinste Gilon verschmitzt an, und beide lachten los.

Es war ein herrlicher Tag. Die Umrisse der Bäume, die der Winterwind kahlgeblasen hatte, waren bereits mit einem zarten, reinen Grün belaubt. Kitiara und Gilon schwiegen einträchtig, während sie auf den Marktplatz am Nordrand von Solace zusteuerten. Zuerst hörten sie nur den Lärm, dann kamen sie über einen kleinen Berg und sahen die strahlend bunten Fahnen und Zelte.

Der Festplatz fing etwa eine Meile unterhalb des Hügels an, auf dem sie jetzt standen, gleich an der Straße. Von dort aus erstreckte er sich wie eine kleine Stadt. Es gab grasbewachsene Promenaden, an denen Zelte und Stände anstelle von Häusern standen. Dazwischen lagen immer wieder kleine, freie Plätze, auf denen zahlreiche Vorstellungen stattfanden.

Als Kitiara und Gilon die Straße hinuntergingen, musterte Kit die Menschen, die zum Markt kamen, denn sie hoffte immer noch, einen Mann mit dunklen Locken zu sehen, der die meisten anderen um einen Kopf überragte, und der beim Anblick seiner Tochter nach all diesen Jahren vor väterlichem Stolz strahlen würde.

Statt dessen entdeckte sie einen Magier in schwarzer Robe, der durch die Menge glitt und leicht auszumachen war, weil die Leute ihm so schnell auswichen. Sie sah eine Kenderfamilie, deren Vater über einer Karte grübelte, während die Mutter stolz ihr kleines Mädchen betrachtete. Kit lächelte in sich hinein, als sie die Kleine beobachtete, die auf und ab hüpfte, bei jeder neuen Entdeckung in die Hände klatschte und Steine und Papierfetzen einsteckte – und hier und da ein paar glänzende Nippsachen, ob sie nun jemandem gehörten oder nicht.

Von zahlreichen Ständen wehten Düfte herüber, die einem das Wasser im Mund zusammenlaufen ließen. Es war noch nicht Mittagszeit, aber die morgendliche Wanderung hatte Kit einen nagenden Hunger beschert. Ihr knurrender Magen lenkte sie von dem ab, was sie sah und hörte. Sie blieb stehen und sah in ihrem Sack nach, ob sich noch etwas Brot oder Käse darin befand, und dabei merkte Kit, daß Gilon nicht mehr neben ihr war. Eine Minute später tauchte er wieder auf. Er trug zwei dampfende Schalen Ziegenfleischsuppe.

»Ich dachte, du bist vielleicht hungrig«, sagte Gilon einfach, während er ihr eine Schale reichte. Kit lächelte ihn dankbar an.

Dann drängelten sie sich durch den Strom der Menschen zu einer Bank im Schatten einer Eiche.

»Ich dachte mir schon, daß ich dich auf dem Markt finden würde, aber ich hatte dich bei der Schwertkampfausstellung erwartet, nicht faul im Schatten eines alten Baums.«

Die Stimme verriet gutmütigen Spott. Kit blickte über die Schulter und entdeckte die wie üblich herausgeputzte Aurelie in einem fließenden, zartbunten Kleid. Im letzten Jahr war ihr Körper aufgeblüht, und sie war kein Mädchen mehr, sondern schon fast eine junge Dame. So verschieden sie auch voneinander waren, Kit freute sich immer, die Freundin zu sehen.

»Hallo, Meister Majere«, sagte Aurelie mit niedlichem Lächeln zu Gilon.

Kit sah zu, wie ihr Stiefvater etwas verlegen aufstand, weil er offensichtlich von Aurelie bezaubert war, sich aber auch fehl am Platze vorkam.

»Ähm, schön dich zu sehen, Aurelie«, sagte Gilon. »Soll ich dir eine Schale Suppe holen?«

»Ach, nein, ich habe keinen Hunger«, sagte Aurelie, die dabei ihre rotblonden Locken schüttelte. »Ich weiß nicht, wo Kit das viele Essen hinsteckt, das sie vertilgt.«

»An dieselbe Stelle, wo du die Krapfen hinsteckst, die du dir jeden Tag beim Bäcker holst«, murmelte Kit so leise, daß es nur Aurelie hören konnte. Die beiden Mädchen fingen an zu kichern, und Gilon schloß sich dem an; er hatte zwar den Witz nicht richtig verstanden, aber er genoß die gute Laune.

Kit war mit ihrer Ziegensuppe fertig und stand auf.

»Aurelie und ich schauen uns mal nach ein paar, äh, Gauklern um«, sagte Kit ohne Überleitung zu Gilon. Ein verschwörerischer Ausdruck glitt über das Gesicht ihrer Freundin. »Wir treffen uns in vier Stunden an der Kreuzung hinter dem Markt und gehen dann zurück, um Raist abzuholen. In Ordnung?«

Gilon, der den Mund voll Suppe hatte, konnte nur nicken und sie mit einer Handbewegung verabschieden.

»Mmmm, Gaukler. Na schön, dann machen wir uns mal auf die Suche nach diesen aufregenden Wesen«, neckte Aurelie, die Gilon noch über die Schulter anlächelte, während die zwei Mädchen Arm in Arm abzogen.

Sie waren noch nicht sehr weit lachend durch die Menge gebummelt, als eine andere bekannte Stimme sie aufhielt.

»Aurelie! Wir wollten uns doch schon vor einer Stunde am Stand des Kleiderhändlers treffen.« Vor den beiden Freundinnen stand Aurelies Mutter, die Hände in die Hüften gestemmt.

Sie war eine einfache Frau mit braunem, welligem Haar und hängenden Mundwinkeln. Die Tochter trug Spitzen, die Mutter hingegen gewöhnlich schlichte Kittel.

Wie so oft, wenn sie Aurelies Mutter traf, dachte Kit, daß ihre beste Freundin ihr Aussehen bestimmt vom Vater geerbt hatte. Ihr Vater arbeitete hart, hatte ein faltenreiches, aber schönes Gesicht und immer strahlende Augen.

»Ach, hallo, Kitiara.«

Kit entging der kühle Ton nicht. Aurelies Mutter hatte die Freundschaft ihrer Tochter mit Kit noch nie gutheißen können, der Tochter »dieses verantwortungslosen Kriegers und seiner armen, verrückten Frau – die er sitzengelassen hat.«

Aurelie zuckte mit den Achseln und zwinkerte Kit fast unwahrnehmbar zu, bevor sie daran ging, ihre Mutter zu besänftigen. Sie nahm die Frau am Ellenbogen und begann, sie durch die Marktbesucher zum Stand des Kleiderhändlers zu schieben. »Ich war gerade auf dem Weg zu dir, Mutter, aber da haben Kit und ich Minna getroffen. Du weißt ja, was das für eine Tratschtante ist, aber du hast mir schließlich beigebracht, niemals unhöflich zu Erwachsenen zu sein. Jedenfalls … «

Als sie außer Hörweite von Kit waren, drehte sich Aurelie um und winkte Kit entschuldigend zu.

Jetzt war diese für den Rest des Tages allein. Auch gut. Kit hatte so selten Zeit für sich.

Kit ließ den Lärm und die Massen auf dem Markt hinter sich

und trieb auf das große Lager zu, wo Hunderte von Besuchern, die extra für dieses Ereignis nach Solace gekommen waren, ihre Unterkunft hatten. Der grasbewachsene Platz war mit Zelten, Vorzelten, Wohnwagen, Schlafdecken und Hängematten übersät. Gruppenweise standen die Leute zusammen, redeten und lachten laut und teilten Essen und Trinken – Trödler und Kaufleute, Barden auf Wanderschaft, ehrliche wie unehrliche Händler, Illusionisten, Schwätzer und gelegentlich ein Krieger, der nur der dicksten Geldbörse treu war.

Kit wich einem hageren Kleriker aus, der auf einem Baumstumpf stand und jedem, der ihm zuhörte, lautstark von der Allmacht der neuen Götter erzählte. Es hörten kaum Leute zu, und Kitiara machte um Kleriker immer einen großen Bogen.

Ziellos streifte sie in dem großen Lager herum, wobei sie die Gesichter und Kleidung der Leute nach Hinweisen darauf absuchte, wo sie wohl herkamen und wohin sie wollten.

Die Menschen hier waren für Kit interessanter als die Waren und Vergnügungen auf dem Jahrmarkt. Sie merkte, daß sie in einem Teil des Lagers gelandet war, wo mehr getrunken als gegessen wurde, und wo die Besucher auf ihr Geld und ihr Leben zu achten hatten – damit sie sich nicht mit gespaltenem Schädel und leeren Taschen im Graben wiederfanden. Aber Kit hatte selber leere Taschen und vertraute darauf, daß sie auch mit schwierigen Situationen umgehen konnte. Notfalls konnte sie immer noch davonrennen.

Kitiara wollte gerade umkehren, als ihr rauhes Lachen und leises Streiten an die Ohren drang. Rechts von ihr entdeckte sie zwischen zwei Vorratszelten vier eng beieinandersitzende Männer, die hitzig redeten. Ihr sechster Sinn sagte ihr, sie solle diese Unterhaltung unbedingt belauschen.

Um dichter heranzukommen, schlich sich Kit in das Nachbarzelt, bis sie nur noch durch eine dünne Stoffplane von der Gruppe getrennt war. Durch einen kleinen Riß konnte sie erkennen, daß es vier Männer waren; dem Aussehen ihrer Kleidung und ihrer Waffen nach handelte es sich um Söldner. Einer von ihnen, den sie nur von der Seite sehen konnte, kam ihr irgendwie bekannt vor.

»Ich sage, wir töten ihn nicht. Wir entführen ihn und lassen ihn später gegen Lösegeld frei. Damit können wir doppelt absahnen.«

»Nein! Vergiß das Lösegeld. Wir sollen ihn nicht umbringen, und wir sollen ihn nicht entführen. Ich sage euch, wir werden wirklich gut bezahlt. Jeder von uns, und wir haben nichts zu bereuen.«

Die erste Stimme klang weinerlich. Die zweite – Kit wußte, daß sie diese Stimme schon mal gehört hatte, aber wo? Sie suchte sich eine bessere Position, konnte jedoch keines der Gesichter erkennen, weil alle die Köpfe eng zusammensteckten. Und sie konnte auch nicht alles verstehen, weil die Männer leise redeten.

»Wie weit ist es?« fragte ein dritter Mann mit tiefer, einschmeichelnder Stimme.

»Ungefähr sechs Tagesreisen nach Norden«, erwiderte die bekannte Stimme. »Ich kenne den Weg, aber wir müssen die Straßen meiden. Ich schätze, mindestens sechs Tage. Damit haben wir noch Zeit, die Falle aufzubauen. Unserem Informanten zufolge –«

Ein Auflachen des Weinerlichen ließ alle stocken.

»Unserem Informanten zufolge muß Gwatmeys Sohn die Lieferung persönlich, pünktlich und vertragsgemäß durchführen. Also wird er weder vom Zeitplan noch vom Weg abweichen.«

»Ich finde immer noch, wenn wir Lösegeld fordern, verdoppeln wir –«, fing die weinerliche Stimme wieder an.

»Vergiß es, Radisson«, sagte der Verschwörer mit der tiefen Stimme nachdrücklich. »Ursa hat recht. Wir machen es so, wie er sagt.«

Kitiara blieb fast das Herz stehen. Natürlich! Das war der

Mann, den sie an jenem Tag vor langer Zeit getroffen hatte, als Rosamund die Zwillinge bekommen hatte. Ursa Il Kinth. Was mochte er wohl vorhaben? Die dritte Stimme hatte offenbar die Entscheidung besiegelt.

»Dann sind wir uns einig«, hörte Kit Ursa sagen. »Wir treffen uns in drei Tagen um Mitternacht jenseits des Eichenwäldchens im Norden der Stadt. Wir reiten ein, zwei Stunden im Mondlicht, bis wir Stadt und Höfe sicher hinter uns haben. Dort können wir lagern.«

Es folgte wieder eine Pause, bis Ursa abschloß: »Jetzt trennen wir uns, halten uns voneinander fern und gehen bis dahin auch allem Ärger aus dem Weg.«

Der mit der weinerlichen Stimme – Radisson – meuterte noch leise, doch die Gruppe ging auseinander. Kit kroch hinter eine Kiste, um ihnen Zeit zu lassen. Dann flitzte sie aus dem Zelt und sah sich hektisch um. Die anderen waren in der Menge zwischen den Zelten untergetaucht, aber zu ihrem Glück entdeckte sie Ursas breiten Rücken und seine große Gestalt in einiger Entfernung.

Nachdem sie ihm nachgerannt war, folgte Kit Ursa ein paar Minuten lang, während er durchs Lager schlenderte, ohne mit irgendwem ein Wort zu wechseln. Sie mußte sichergehen, daß Ursa allein war. Schließlich schloß sie mit ihm auf und lief neben ihm her.

Nach etwa dreißig Schritten fiel Ursa schließlich die kleine, weibliche Gestalt in der grünen Tunika mit den braunen Hosen auf, die neben ihm lief. Nachdem er ihr kurz zugenickt hatte, ging Ursa schneller. Wegen seiner langen Beine mußte Kit in Trab fallen, um mit ihm Schritt zu halten. Eine Minute später hatten sie den Südrand des Lagers erreicht, wo ein Stall eingerichtet worden war. Hier hielten sich kaum Leute auf.

Nachdem sie beschlossen hatte, daß das Risiko äußerst gering war, rief Kit ihn etwas außer Atem beim Namen: »Ursa Il Kinth.«

Langsam drehte er sich um und stellte sich breitbeinig, mit der Hand am Griff seines Dolches im Gürtel, diesem fremden Mädchen.

»Du mußt dich irren«, sagte er warnend. »Ich kenne dich nicht.«

»Heute kann ich dir keinen Apfel anbieten, aber ich habe etwas Besseres«, köderte Kit ihn mit einem Grinsen.

Ursa starrte sie ungläubig an, als würde er jemanden erkennen, den er nicht erwartet hatte. Rasch fing er sich wieder und stieß ein bellendes Gelächter aus. »Du!« Er streckte die Hand aus und verpaßte Kit einen »freundschaftlichen« Knuff aufs Ohr. »Na, du bist aber gewachsen – zumindest ein bißchen!«

»Ich bin gewaltig gewachsen«, sagte sie und warf beleidigt den Kopf zurück.

Lachend musterte er sie. »Allerdings«, meinte er. »Aber was könnte Gregor Uth Matars Tochter haben, was mich interessieren sollte?« fragte er. Sein Tonfall war abwertend, obwohl seine Augen freundlich blickten.

»Schlaue Hilfe.«

»Ich bin wirklich schlau genug. Vielen Dank, junge Dame.« Ursa zog das Wort spöttisch in die Länge.

»Du vielleicht schon, aber was ist mit deinen drei Kumpanen? Raub und Entführung sind eine ernste Sache, und vielleicht ist es ganz praktisch, jemanden dabei zu haben, der nicht nur kämpfen, sondern auch denken kann.«

Ursa packte sie am Arm. Aus seinem Gesicht war jede Spur von Humor verschwunden. »Meine drei Freunde sind schlau genug, ihre Pläne nicht mitten auf einem Lagerplatz herauszuposaunen«, fauchte er sie an, wobei er sich nervös umsah, ob jemand etwas mitbekommen hatte.

Er zerrte sie näher an die Seile der Pferdekoppel, um sich dann drohend zu ihr herunterzubeugen. »Was weißt du?« wollte Ursa wissen, der sie weiter festhielt.

»Nicht viel, und das ist die Wahrheit«, sagte sie wütend, starrte ihn genauso drohend an und versuchte, ihn abzuschütteln.

»Aber ich weiß, daß ihr dumm wäret, mich abzuweisen. Ich kann mit einem Schwert umgehen, und ich bin kein Narr wie, wie … Radisson!«

Zornig schweigend funkelte er sie an.

»Nimm mich bei euch auf«, beharrte sie.

Ursa schnaubte. »Meine Partner sind gierig. Sie würden den Topf nur ungern mit noch einer Person teilen, besonders« – er stieß das Wort verächtlich heraus – »nicht mit einem Mädchen. Vergiß Radisson. Und ich vergesse freundlicherweise unsere kleine Unterhaltung.« Seine Augen wurden etwas weicher. »Vielleicht kann ich dich gebrauchen, wenn wir uns mal wieder begegnen«, sagte Ursa, der von ihr zurücktrat. »Es heißt doch, ›aller guten Dinge sind drei‹. Bis dahin, leb wohl, Kitiara.«

Ursa rief laut. Sein Pferd, dasselbe kräftige, graue Tier, an das sich Kit noch erinnern konnte, löste sich aus einem Grüppchen auf der Koppel, sprang mit Leichtigkeit über das Seil, das als Zaun diente, und trottete zu dem Söldner hin. Ursa schwang sich geschickt auf den ungesattelten Rücken seines Pferdes – genau wie damals – und verschwand.

Kit sah ihm eine Minute lang nach, während sie sich betreten den Arm rieb. Im Gegensatz zum letzten Mal, wo sie sich begegnet waren, wußte sie, wo und wann sie Ursa jetzt finden konnte. Sie ballte die Fäuste entschlossen und machte sich zu der Kreuzung auf, wo sie sich mit Gilon treffen würde.

Kapitel 5

Raistlins Prüfung

Für Caramon war es ein schöner Tag. Den ganzen Morgen buk seine Mutter Sonnenblumenbrötchen, und er half dabei. Na ja, sozusagen. Er hing Rosmund am Rockzipfel, und jedesmal, wenn sie einen Rührlöffel nicht mehr brauchte, leckte er die Geräte sauber. Sein Gesicht und die kleine Tunika waren voller Teigspritzer; sogar in den Haaren hatte er die honigfarbene Masse verschmiert. Und als die Brötchen fertig waren, aß er ganz freiwillig so zwölf bis siebzehn Stück. Caramon zählte nicht mit – er war sowieso nicht gut im Zählen.

Nach dieser gewaltigen Anstrengung fühlte sich sein Magen etwas voll an.

»Puuuhhh«, sagte er, wobei er sich seinen runden Bauch rieb. »Mutter, findest du nicht, daß es mir gut täte, jetzt spielen zu gehen?« Er grinste seine kränkliche Mutter an, die strahlend zurücklächelte. Rosamund hatte beste Laune.

»Sicher, Liebling, aber lauf nicht zu weit weg. Ich muß noch ein bißchen nähen und flicken.«

Weil er sich an sein Versprechen erinnerte, sich um sie zu kümmern, warf Caramon noch einen Blick über die Schulter, um sich zu versichern, daß es seiner Mutter gutging. Dann eilte er los. Rosamund summte vor sich hin, während sie die Töpfe und das Geschirr abwusch.

Draußen kletterte der Sechsjährige eine Strickleiter zu dem Platz direkt unter ihrer Hütte hinunter, wo er und Raist manchmal in Rufweite der Mutter spielten. Außer einem gelegentlichen Wanderer auf der Hauptstraße, den er durch die Vallenholzbäume sah, war niemand da. Also stampfte Caramon herum und trat Äste und Steine beiseite, um einen Platz zum Graben frei zu machen.

Beim Herumsuchen fand er mehrere dicke Stöcke, die er zum Hacken, zum Schaufeln und als Keile brauchbar fand. Er wußte, daß er einen größeren Vorrat brauchte, weil sie leicht brachen.

Eine gute Stunde lang buddelte Caramon höchst zufrieden nach vergrabenen Schätzen (sein Vater hatte ihm erzählt, daß man Schätze manchmal an den unwahrscheinlichsten Stellen fand). Anschließend stand der kleine Junge schweißgebadet, zerkratzt und schmutzig bis zum Bauch in einem Loch, das fast zwei Fuß tief war. Zufrieden betrachtete er sein Werk. Er hatte noch keinen Schatz gefunden, aber er war weiterhin zuversichtlich.

Als Caramon gerade weitergraben wollte, kam eine Horde Jungen in seinem Alter, von denen er einige aus der Schule kannte, laut rufend vorbeigerannt.

»Wo lauft ihr hin?« rief Caramon einem zu, den er erkannte.

»Holzapfelkrieg!« erwiderte der Junge, ein sommersprossiger Achtjähriger, der die Gelegenheit nutzte, um keuchend eine Pause einzulegen. »Komm mit!«

»Au ja! Aber laß deinen schlappen Bruder hier!« fügte ein anderer hinzu, der rutschend zum Stehen kam und fast den ersten über den Haufen gerannt hätte.

Caramon kletterte die Strickleiter hoch, um nach Rosamund zu sehen. Er fand sie auf der kleinen Veranda vor der Hütte sitzen, wo sie neben einem Stapel Kleider die Sonne genoß, während sie ein Kleid säumte. Mit einem Lächeln auf dem Gesicht winkte ihm seine Mutter sorglos zu, daß er ruhig gehen sollte.

Eilig rannte er der Bande Jungs hinterher, die sich etwa zehn Minuten von Caramons Haus entfernt bei einer kleinen Baumgruppe versammelt hatten. An den tief herunterhängenden Zweigen hingen kleine, feste, grüne Holzäpfel, die die Jungen zu Dutzenden pflückten und auf dem Boden zu Stapeln aufschichteten. Mit dieser »Munition« stopften sie sich Taschen, Beutel und Rucksäcke voll und trugen darüber hinaus so viele wie möglich in jeder Hand.

»Da bist du ja, Caramon. Mach schnell! Du bist unser Anführer«, schrie eine Gruppe der Jungen. Sie hatten sich bereits in zwei Armeen aufgeteilt.

Caramon, der – im Gegensatz zu seinem Zwillingsbruder – sehr beliebt und bei Kriegsspielen sehr gefürchtet war, wurde zum »General« gewählt, obwohl mehrere Acht- und sogar Zehnjährige in Betracht kamen. Der andere General, ein breitschultriger Zehnjähriger namens Ranelag, war volle zwei Köpfe größer als Caramon.

Nachdem sie an entgegengesetzten Enden des Holzapfelwäldchens Stellung bezogen hatten, stürmten die gegnerischen Parteien beim vereinbarten Zeichen aufeinander los. Caramon rannte kreischend vor seiner Armee her, die etwa ein halbes Dutzend Jungen zählte, und kommandierte sie herum.

»Willem, du läufst da lang. Lank, paß auf, was hinter dir los ist. Wolf, nimm ein paar Holzäpfel und kletter auf den Baum da.«

Er führte den Angriff an und warf die kleinen Äpfel, so schnell und fest er konnte. Caramon traf gut, und er wich geschickt dem Apfelhagel aus, der ihm entgegengeprasselt kam. Der Sinn des Spiels war, so viele Treffer wie möglich zu erzielen und sich dann zurückzuziehen, bevor man an die Schulter, am Schienbein oder – noch schlimmer – am Schädel angeschlagen wurde. Es war kein Spiel für Muttersöhnchen.

Der Holzapfelkrieg zog sich fast den ganzen Nachmittag hin. Hin und wieder mußte einer die Seite wechseln, weil ein anderer nach Hause mußte, und hin und wieder gab es Pausen, in denen sich alle ausstreckten und in die sauren Früchte bissen. Doch die meiste Zeit hieß es Angriff und Rückzug, Angriff und Rückzug, Angriff und Rückzug, immer wieder, bis die Sonne unterging.

Caramon hatte sich als fähiger, mutiger Taktiker erwiesen. Er konnte mehr Beulen und blaue Flecken von gut gezielten Holzäpfeln vorweisen als die anderen, ganz zu schweigen von den Fruchtfleischresten und den Saftflecken. Während der Pausen hatte der Anführer ein paar Holzäpfel zuviel verschlungen, so daß er leichtes Bauchgrimmen hatte.

Er und Ranelag, der einem von Caramons besten Würfen eine deutlich sichtbare, blutige Beule auf der Stirn zu verdanken hatte, erklärten den Krieg für unentschieden. Zum Zeichen des Waffenstillstands schüttelten sie sich die Hand.

»Das war ein guter Kampf. Auf daß wir eines Tages wieder gegeneinander kämpfen«, sagte Caramon mit dem Ernst, den ein echter Krieger seiner Meinung nach verspüren mußte, wenn ein heftiger Zweikampf zu Ende ging. Dann stieß er einen Juchzer aus, was ihm lauten Jubel von den Überlebenden beider Seiten einbrachte.

Es war schon fast Abendbrotzeit, und Caramon bemühte

sich, halb hüpfend, halb rennend, schnellstens nach Hause zu kommen. Er war ausgepumpt und voller Blessuren und verspürte, ehrlich gesagt, schon wieder leichten Hunger. Seine Kleider waren zerrissen, die goldbraunen Haare klebten ihm an der Stirn. Angetrockneter Teig, Dreck, Holzapfelstückchen, Kratzer, Risse und lila Beulen erzählten von seinem ereignisreichen Tag.

Als Caramon in Sichtweite der hohen Vallenholzbäume, auf denen sein Zuhause stand, um eine Ecke bog, hörte er einen Hilfeschrei. Augenblicklich dachte er an seine Mutter, aber der Schrei kam aus der anderen Richtung, von einer niedrigeren Baumgruppe, nicht aus der Hütte.

Als er hinlief, sah er ein Mädchen in seinem Alter, das dastand und in die höheren Äste eines Baums blickte. Sie war niedlich und hatte kleine Grübchen, aber ihr Gesicht war tränenüberströmt. Nachdem auch Caramon hochgeschaut hatte, sah er ein kleines Kätzchen in den Zweigen ganz oben im Baum hocken.

»Mein Kätzchen!« klagte das Mädchen und zeigte für Caramon nach oben. »Mein Kätzchen sitzt da oben im Baum fest!«

Caramon sah wieder stirnrunzelnd nach oben. Er war schrecklich müde, und der Baum sah schrecklich hoch aus.

»Es ist so ein hoher Baum«, fuhr das Mädchen fort, das sich umdrehte, um Caramon besser flehend ansehen zu können. »Ich würde ja selbst hochklettern, aber ich komm' nicht an die ersten Zweige dran. Mein Kater heißt Zirke. Ich fürchte, er sitzt da oben für immer fest.« Sie begann zu weinen und schluchzte und schniefte. Caramon stand verlegen neben ihr, weil er sie trösten wollte, aber nicht wußte, was er machen sollte.

»Du siehst aus, als wenn du gut klettern kannst. Glaubst du, du kannst ihn runterholen?«

Angesichts ihres Bettelblicks warf sich Caramon leicht in die Brust und vergaß vorläufig Hunger und Müdigkeit. Wieder sah er zu dem maunzenden Kätzchen hoch. Dann zog er sich mannhaft die Hosen zurecht, griff fest nach einem der unteren Äste und begann hinaufzuklettern.

Nachdem Kitiara und Gilon gegangen waren, folgte der Zaubermeister Raistlin in den kleinen, spartanischen Anbau und wies ihn an, sich auf einen der Stühle zu setzen. Dann rief Morat einen jungen Mann in einfachen Arbeitskleidern her, dem er erklärte, daß der Zaubermeister den Vormittag über nicht gestört werden dürfe. Der Mann – anscheinend eine Art Diener – nickte und ging, wobei er die Tür zur Bibliothek hinter sich zumachte.

Hinter dieser Tür vernahm Raistlin hin und wieder das leise Kommen und Gehen von Morats Schülern, die Zugang zu den Schätzen der Bibliothek hatten. Ihre Gespräche fanden im Flüsterton statt. Zweifellos waren sie nicht gerade darauf aus, den Zaubermeister zu stören. Raistlin nahm an, daß das meiste Lernen in den Räumen entlang des langen Korridors stattfand.

Der Raum, in dem sich Morat und Raistlin aufhielten, war völlig unauffällig. Kalksteinwände ohne Fenster, Farbe oder Wandschmuck. Selbst Klein-Raist begriff, daß es darum ging, möglichst jede Ablenkung auszuschalten, um eine bessere Konzentration zu erreichen. Morat befragte ihn mehrere Stunden lang bis in den frühen Nachmittag hinein. Er fragte nicht gerade Wissen ab, sondern eher philosophische Dinge, was die Antworten nicht leichter machte.

Vielleicht gab es auch keine richtigen Antworten.

Auf jeden Fall schien Morats Interesse an Raists Reaktion auf die Fragen fast ebenso groß zu sein, wie sein Interesse an der möglicherweise richtigen Antwort. Die schwarzen Augen des Zaubermeisters durchbohrten den kleinen Jungen gnadenlos. Raistlin, der kein Mittagessen bekommen hatte, wurde regelrecht schwindelig vor Hunger, aber er kämpfte darum, hellwach zu bleiben.

»Dafür, daß du bloß ein Kind bist, sagst du schlaue Dinge«,

gab Morat irgendwann einmal widerwillig zu, »aber laß uns noch ein wenig über Gut und Böse reden. Ein Zauberer muß beides lernen und verstehen. Nicht nur das Offensichtliche – die Unterschiede –, sondern auch das Ähnliche. Was ist beiden gemeinsam? Wie würdest du, Raistlin, das Böse beschreiben?«

Jeder andere Sechsjährige hätte sich bei einer solchen Fragestellung bestimmt verwirrt am Kopf gekratzt. Doch Raist war ein Einzelgänger, der körperlich nicht der kräftigste war und wenig Spielkameraden hatte, so daß er viele Stunden allein verbracht hatte, in denen er über genau solche Dinge hatte nachdenken können. Besonders seit dem letzten Jahr, als er auf dem Markt des Roten Mondes zum ersten Mal ein bißchen einfache Zauberei gelernt hatte.

Zuerst hatte sich der kleine Junge vorgestellt, er würde ein guter Zauberer werden, der Banditen und wildgewordene Unholde bekämpfte, indem er seinen Kopf und seine Begabung genauso leicht benutzte wie Caramon die körperliche Geschicklichkeit, die ihn zum geborenen Kämpfer machte. Zauberer, die sich der Neutralität verschrieben, faszinierten Raistlin, obwohl er bis jetzt wenig über sie wußte. Und über das Böse als Feind des Guten hatte er schon viel gehört.

»Ich glaube, es wäre ein Fehler, das Böse zu genau oder zu einfach zu definieren«, erklärte Raistlin nachdenklich. Trotz seiner Bemühungen klang seine Stimme dünn und müde. »Aber was es auch ist, es ist das Gegenteil vom Guten. Um es also zu kennen, müssen wir auch das Gute kennen.«

»Eine kluge, durchdachte Antwort«, meinte der Zauberer kurz. »Aber jetzt sag mir, wie definieren wir es in Abwesenheit des Guten?«

»Hm«, sagte Raist, »es kann einfach keine echte Abwesenheit des Guten oder des Bösen geben. Das eine kann nicht ohne das andere sein. Sie sind ständig in einer Art Gleichgewicht, die ganze Zeit. Das eine kann mal überwiegen, während das andere schläft, aber keins kann je wirklich fehlen.«

»Kannst du dir kein Beispiel für das Böse vorstellen?« fragte der Zaubermeister.

»Kein reines Beispiel ... außer natürlich den Göttern der Finsternis«, fügte der Junge eilig hinzu.

Morat wirkte zufrieden. »Wie erkennen wir also das Böse?« hakte er nach.

»Seine Masken sind unzählbar.«

»Aber ein Magier muß sich bemühen, das Böse zu erkennen und zu entlarven, sowohl bei sich und seiner Zauberei als auch bei anderen.«

»Ja«, stimmte Raist zu. »Man muß seine verschiedenen Gestalten lernen. Mehr als alles andere« – er hielt inne, und suchte nach den richtigen Worten – »lernt ein Magier, das Böse zu erkennen. Wer die Weiße Robe trägt, erkennt es als Gegensatz. Eine Schwarze Robe würde es als Verbündeten ansehen.«

»Und eine Rote Robe?«

»Hmm«, meinte Raistlin mit erbärmlich dünner Stimme. »Ich bin mir nicht sicher. Ich glaube, ich würde sagen, daß eine Rote Robe es als Teil von sich selbst betrachten würde.«

Die letzten paar Minuten hatte Morat gespannt die Augen zusammengekniffen. Der Zaubermeister hatte sogar zum ersten Mal seit Beginn seiner stundenlangen Befragung aufgehört, auf und ab zu laufen, und sich auf einen Holzstuhl gesetzt. Jetzt beugte er sich vor und stieß ein kurzes, bellendes Lachen aus.

»Hah!« rief Morat aus. »Sehr pfiffig. Oberflächlich, finde ich, aber ungeheuer pfiffig für einen Sechsjährigen!«

Raistlin nutzte den kurzen Anflug von Freundlichkeit, um um eine Pause zu bitten. Er war zwar auf das Wohlwollen des Magiers versessen, doch er spürte, daß er es sowieso nicht bekam. »Bitte, Herr«, sagte Raist respektvoll, »könnte ich jetzt wohl etwas Wasser bekommen und meine Brote essen?«

Augenblicklich kehrte Morats unzugängliche Haltung wieder. Er stand schroff auf und ging vom Tisch fort. Dann drehte er sich um, verschränkte die Arme und blitzte den hungrigen, kleinen Buben an.

»Zauberer müssen dazu fähig sein, sich stundenlang ihren Studien zu widmen, ob sie nun hungrig sind oder nicht«, belehrte ihn Morat. »Wenn du nicht mal einen Tag einfache Prüfungen durchhältst, dann bist du noch zu jung, zu sehr Kind, um mit dem Lernen anzufangen.«

Raist war vor Erschöpfung und Hunger schon ganz in sich zusammengesunken. Sein kleines Gesichtchen war fahl und übermüdet, seine Augen tränten. Doch er entschuldigte sich nicht. »Wenn das Eure Antwort ist«, erklärte er hartnäckig, »dann laßt uns fortfahren. Ich nehme an, daß Ihr es mir nicht nachtragen werdet, einfach nur gefragt zu haben.«

Eigentlich war Morat selbst ein bißchen hungrig, auch wenn er das nur ungern zugeben hätte. Normalerweise machte er mittags eine Pause und nahm ein bescheidenes Mahl mit seinen Lieblingsschülern zu sich. Aber er war fest entschlossen, diesen kleinen Kerl kleinzukriegen, der auf jede Frage eine Antwort hatte. Selbst wenn die Antworten teilweise ungewöhnlich waren, mußte der Zaubermeister zugeben, daß sie wohlüberlegt klangen. Er war gleichermaßen beeindruckt wie verstimmt über den Ernst und den Trotz des Jungen, seine Selbstkontrolle und seine Weigerung, sich unterzuordnen.

»Vielleicht ist jetzt ein guter Zeitpunkt für eine Pause«, lenkte Morat schließlich ein. »Ich lasse dir ein Tablett mit dem bringen, was du aus Solace mitgebracht hast. In der Zwischenzeit muß ich dich allein lassen und mich um meine Schüler kümmern.«

Der Zaubermeister machte die Tür zur Bibliothek auf. Bevor er ging, verharrte er kurz und drehte sich zu Raistlin um. »Du hast zehn Minuten Zeit«, sagte er. »Mehr nicht.«

Raistlin aß hastig sein Mittagessen. Er schaffte gerade noch, es mit dem kalten, schäumenden Getränk herunterzuspülen, das ihm der Mann in Arbeitskleidung gebracht hatte, ehe Morat wiederkam.

Der Zaubermeister stand naserümpfend in der Tür, um Raistlin dann mit einer Geste in die eigentliche Bibliothek zu winken. Als der Junge dem Zauberer nach all den Stunden in dem engen Nebenzimmer in diesen großen, kreisrunden Raum mit dem Licht des Teichgrunds und den Bücherregalen folgte, fühlte er sich wie neu belebt und spürte plötzlich eine ungeheuere Aufregung.

Sein Herz klopfte wie wild. Diese wundervolle Bibliothek, die so anders war als alles, was er aus Solace kannte – wie sehr es ihn drängte, all diese Bücher zu lesen und hier die alten Künste zu lernen! Raistlin starrte die Bücher so verlangend an wie andere Kinder Süßigkeiten.

Morat zeigte auf einen Stuhl. Dann ging er zu einem Regal und suchte mehrere Bände heraus, von denen er drei vor Raist hinlegte. Einen anderen, in Leder gebundenen Band legte er gegenüber von Raist neben seinen eigenen Stuhl.

»Öffne das Buch mit der Goldprägung und schlag Seite fünfundzwanzig auf.«

Raistlin sah enttäuscht, daß das fragliche Buch anscheinend grundlegende mathematische Gleichungen enthielt.

Pflichtbewußt begann er zu lesen. Die Minuten zogen sich hin. Morat sagte nichts, sondern saß nur dem Jungen gegenüber und beobachtete ihn genau. Während Raist über die Seiten hinwegflog, schien der Zaubermeister fast zu dösen.

Sein Blick war jedenfalls ausgesprochen verhangen.

Ein leises Klopfen an der Tür riß Morat aus seinen Tagträumen. Unwirsch vor sich hinmurmelnd, stand der Zaubermeister auf und ließ den Klopfenden ein. Die Tür ging auf, doch Raist war sich wieder nicht sicher, ob sie nun mechanisch oder magisch funktionierte. Auf jeden Fall sollte das dem Jungen egal sein. Er hatte zu lesen, also waren alle seine Blicke nutzlos.

Ein dicker Junge in Kitiaras Alter, der die graue Robe eines Zauberlehrlings trug, kam herein. Anscheinend einer der Schüler, denn er schien große Ehrfurcht vor dem Zaubermeister zu haben, während er um die rechten Worte rang.

»Meister«, fing der Junge zögernd an. »Alekno hat, ähem, Probleme mit dem Unsichtbarkeitszauber. Er konnte seine Beine verschwinden lassen, aber das ist leider auch alles. Jetzt sieht es so aus, als wenn er sie nicht wieder zurückzaubern kann. Wir haben versucht, ihm zu helfen, aber wir kriegen nicht raus, was er falsch macht. Würdet Ihr es uns bitte sagen?«

»Alekno paßt nie richtig auf, wenn man ihm etwas sagt, und dann kommt genau so etwas dabei heraus. Am liebsten würde ich ihn mal für ein, zwei Tage halb unsichtbar lassen. Das wird ihn lehren, nächstes Mal besser zuzuhören.«

Der dicke Junge trat unruhig von einem Bein aufs andere, weil er nicht wußte, was er darauf erwidern sollte. Auf seinem Gesicht lag ein flehender Ausdruck.

»Na schön«, meinte Morat wütend. Er stand auf und ging murrend und schimpfend zur Tür. Auf der Schwelle drehte er sich zu Raist um. »Mach weiter. Ich bin bald zurück.«

Raistlin las weiter, wie man es ihm gesagt hatte. Fleißig blätterte der Junge die Seiten um, las von links nach rechts und von oben nach unten, immer mit dem Finger auf den Zeilen, und gab sich größte Mühe, die ganzen Tabellen zu verstehen und sich einzuprägen. Es waren mathematische Grundlagen und Maßeinheiten, aber auch komplizierte Gleichungen, Winkel und Grade und Teilungen. Raistlin las fast eine Stunde lang weiter, doch der Zaubermeister war immer noch nicht zurückgekehrt.

All die Übungen machten den Jungen schläfrig. Für bestimmte Zauber und Situationen würde es wohl hilfreich sein, etwas von Zahlen zu verstehen, aber Raist mußte gähnen, als er die letzte Seite des Buches umblätterte und den vergoldeten Einband schloß.

Immer noch keine Spur von Morat und kein Ton hinter der Bibliothekstür, durch die er verschwunden war. Die Spätnachmittagssonne, die von oben hereindrang, war nicht mehr so hell, und das Licht in der Bibliothek war fahl und gelblich geworden. Zusammen mit der Stille hatte das eine richtig unheimliche Wirkung.

Seufzend griff Raistlin nach einem der anderen beiden Bücher, die der Zaubermeister ihm herausgelegt hatte, dem mit dem abgegriffenen Einband und den krümelnden Seiten. Sofort erkannte er, daß es sich um ein Geographiebuch handelte. Es war voller detaillierter Karten von den vielen bekannten und auch weniger bekannten Teilen von Ansalon. Es gab grobe Klimakarten und Hinweise auf Bodenbeschaffenheit und Höhen, alles ganz exakt von Hand gezeichnet und farbig ausgemalt.

Obwohl dieses Buch lange nicht so dick war wie das Zahlenbuch, war auch dies harte Arbeit, und Raist blätterte die Seiten mit der Zeit immer langsamer um, doch der Zaubermeister kam immer noch nicht zurück. Nach einer weiteren Stunde hatte Raistlin das zweite Buch zu Ende gelesen. Raist sah sich in dem jetzt dämmrigen Zimmer um und griff pflichtbewußt nach dem dritten und letzten Buch vor sich.

Dieses hatte einen schweren Rindsledereinband mit Eisenbeschlägen, so daß Raist beide Hände nehmen mußte, um es aufzuschlagen. Das Pergament der Seiten war sehr dünn und von zarter Struktur und erzählte in winziger, eleganter Schrift die frühe Geschichte der Silvanesti-Nation. Kalligraphien bedeckten die Seitenränder, und die lange, detaillierte Chronik war auf jeder Seite in drei gleichlange Spalten geteilt.

Der kleine Junge, dem langsam die Augen zufielen, begann, die alte Geschichte zu lesen. Doch sein Interesse wuchs, je weiter er kam.

Er wußte nicht viel von der tragischen Geschichte der Elfenrasse, und es waren wirklich nicht so viele Seiten. Aber die

Schrift war so winzig und die Tinte so verblichen, daß er in dem nachlassenden Licht seine Augen sehr anstrengen mußte. Es dauerte nicht lange, bis ihm der Kopf auf den Tisch sank. Er war eingeschlafen.

Feuchter, klebriger Nebel umwaberte Raistlins Stuhl. Er war nicht mehr in der Bibliothek. Gerade außer Hörweite von ihm schienen Stimme zu flüstern. Plötzlich erschien seine Mutter. »Komm mit, mein Schatz«, lud ihn Rosamund ein. »Ich werde dich führen.«

Der Junge griff eifrig nach ihrer ausgestreckten Hand. In dem Moment, wo sich ihre Finger berührten, verwandelte sich Rosamund jedoch in ein schreckliches, schleimiges Wesen, das Raistlin mit unwiderstehlicher Gewalt an seine Brust zog. Er geriet in Panik, denn er wurde von Geifer eingehüllt. Verzweifelt kämpfte er gegen das Erstickungsgefühl, rang nach Luft, schluckte aber immer wieder einen Mundvoll von dem ekelerregenden Zeug. Er ertrank in Schleim!

Ebenso plötzlich war der Spuk vorbei. Jetzt war Raistlin wieder zu Hause und hockte auf dem Bett seiner Mutter. Nein, eigentlich teilte er ihren Körper, sah mit ihren Augen, atmete ihre zitternde Atmung.

Kitiara bereitete das Abendessen zu. Caramon warf müßig Zweige ins Feuer. Gilon kam herein. Doch es war gar nicht Gilon. Dieses Wesen hatte Hörner und einen riesigen Kopf. Es überragte Kitiara, streifte die Decke. Ein Minotaurus, erkannte Raist erschauernd.

Der Minotaurus stürmte zu Rosamund hinüber.

Sie schrie und versuchte, den Tiermenschen abzuwehren, der sie – und Raist in ihrem Körper – geschickt in die Laken wickelte. Kit und Caramon schien das weder zu kümmern, noch schienen sie es überhaupt zu bemerken. Während Rosamund ihren Protest laut herauskreischte, schleppte der Minotaurus sie unter dem Arm zur Vordertür hinaus.

Plötzlich hatte Raist den Körper seiner Mutter verlassen

und zog sich am Fensterbrett hoch, um in die Hütte zu spähen. Er sah, wie der Minotaurus und Kit einander verschwörerisch zunickten. Als Raist seine ältere Schwester genauer ansah, merkte er, daß sie sich verändert hatte. Sie trug eine Rüstung aus schimmernden, blauen Schuppen. Wenn sie den Mund aufmachte, schossen Flammen heraus. Um den Bauch trug sie einen Gürtel mit dem Holzschwert, das ihr Vater ihr vermacht hatte. Aber als sie es zückte, war es nicht mehr aus Holz.

Der harte Stahl glänzte im Feuerschein. Mit ihrem schrecklichen Schwert näherte sich Kit dem nichtsahnenden Caramon.

Raist klammerte sich wie gebannt ans Fensterbrett, ohne etwas unternehmen zu können. Schließlich begann er mit einer Hand gegen das Fenster zu schlagen und seinem Bruder eine Warnung zuzuschreien. Caramon sah nicht auf, als Kit das Schwert über seinem Kopf schwang. Rosamunds Kreischen war immer noch hinter ihm zu hören. Voller Entsetzen sah Raist zu, wie Kit das Schwert herunterfahren ließ und Caramon den Kopf abschlug. Der blutige Schädel rollte zum Fenster, und da sahen seine weitaufgerissenen Augen endlich Raist. Ruhig und traurig, doch ohne Vorwurf, fragte Caramons Kopf: »Bruder, warum hast du mich nicht gewarnt?«

Die Worte durchbohrten Raistlins Herz. Schluchzend brach er auf dem Boden zusammen.

Raistlin fuhr hoch. Er war eingeschlafen! Rot vor Scham suchten Raistlins Augen das Zimmer ab, doch er erkannte mit einiger Erleichterung, daß er immer noch allein war.

Es mußte bald Zeit zum Abendessen sein, und in Kürze würden Gilon und Kitiara kommen, um ihn abzuholen. Es waren mindestens drei Stunden vergangen, ohne daß er eine Ahnung hatte, wo der Zaubermeister steckte. Wo mochte Morat so lange stecken? Und was sollte Raist jetzt tun?

Alles war still. Die Bibliothek war jetzt praktisch dunkel, nur ein blasser Lichtschein fiel noch von oben herein und erleuchtete die Mitte des Raums.

Gegenüber von Raistlins Platz beschien das Licht neben Morats Stuhl das Buch, das der Meister für sich selbst herausgesucht und bereitgelegt hatte.

Als Raist dieses Buch anschaute, fragte er sich, welche Weisheiten es wohl enthielt. Mit den Fingern trommelnd, griff der kleine Junge über den Tisch, mußte sich jedoch auf seinen Stuhl stellen, um an das Buch zu gelangen.

Dann konnte er die Worte auf dem Einband lesen.

Die Geschichte der Gegenwart bis zum heutigen Zeitpunkt, niedergeschrieben von Astinus, lautete der verheißungsvolle Titel auf der Vorderseite.

Die Geschichte der Gegenwart! Raist fragte sich, was in diesem ungewöhnlichen Buch stehen mochte. Er brannte vor Neugier.

Aber er blieb noch weitere zehn Minuten bewegungslos sitzen.

Als er dann immer noch niemanden hörte oder sah, stellte sich Raistlin wieder auf den Stuhl und lehnte sich über den Tisch, um den Einband zu berühren. Er betastete den Buchrücken, befühlte die herausgehobenen Buchstaben des Titels und strich über die scharfen Kanten der Seiten. Auf seinem Gesicht stand ein drängender, fast gieriger Ausdruck, als ob er sich darauf konzentrieren würde, irgendeine Mitteilung durch die Fingerspitzen zu erhalten.

»Ähem.«

Die Stimme hinter ihm ließ Raist hochschrecken und herumfahren. Vor ihm stand der Zaubermeister und runzelte die Stirn.

Raistlin hatte weder gehört, wie die Türen der Bibliothek sich geöffnet und geschlossen hatten, noch wie Morat hereingekommen war. Der Zaubermeister hatte eine flackernde Kugel dabei, die die Bibliothek in tanzendes, gelbes Licht tauchte.

Er glitt um seinen Stuhl und setzte sich, wobei er die Kugel abstellte. Dann griff er betont herüber, um die *Geschichte der Gegenwart* wieder auf seine Seite des Tisches zu ziehen.

»Was hast du gemacht?« fragte Morat barsch.

»Nun«, begann Raist verlegen, während er wieder auf seinen Stuhl rutschte und Morat in die ärgerlichen, schwarzen Augen schaute, die ihn anstarrten. »Mit dem Buch mit den ganzen Zahlen und Rechenbeispielen war ich vor zwei Stunden fertig, darum habe ich mit den anderen beiden angefangen, die Ihr mir herausgesucht habt, die über Geographie und Elfengeschichte. Die habe ich auch ganz gelesen, und dann« – Raist versagte fast die Stimme – »ich glaube, dann bin ich ein paar Minuten eingeschlafen.«

»Eingeschlafen!« polterte Morat wütend.

»Nur ein paar Minuten«, wiederholte Raistlin leise.

Unheilvolles Schweigen machte sich breit, während jeder wartete, daß der andere noch etwas sagte.

»Ich glaube«, sagte Raist nach langer Pause, »daß ich mir eine ganze Menge aus allen drei Büchern merken konnte. Sicher kann ich fast jede Frage über den Inhalt beantworten. Wenn das das Ziel der Aufgabe war ...« Seine Stimme brach ab, weil ihn unter Morats starrem Blick das Selbstvertrauen verließ.

»Nein«, sagte Morat, der ihm grob ins Wort fiel. »Ich meine, was hast du mit diesem Buch gemacht?« Er wies erzürnt auf die Chronik von Astinus. »Dieser überaus kostbare Band ist nur für weitsichtige Augen und nachdenkliche Gelehrte gedacht – nicht für Schüler, und ganz gewiß nicht für Kinder. Dieses Buch hast du deshalb nicht bekommen, weil es nur für mich ist.«

Morat starrte ihn mißbilligend an, und Klein-Raist senkte – endlich sichtlich eingeschüchtert – den Blick.

»Ich habe es nicht aufgeschlagen«, meinte Raist entschuldigend.

»Du hast es gelesen!« beschuldigte ihn Morat.

»Hab' ich nicht«, erwiderte Raist, der erstaunt aufsah.

»Komm schon, Junge. Was hast du denn dann gemacht?« fragte der Zaubermeister zynisch. Seine Augen beobachteten Raist.

»Ich habe es angefaßt«, sagte Raist, der dem Blick des Meisters wieder standhielt.

»Angefaßt!« höhnte Morat.

»Ja«, sagte Raist etwas sicherer. »Mehr nicht!«

»Darf ich fragen, warum?«

Pause. »Ich weiß nicht, warum«, meinte Raistlin schließlich. »Ich wußte, daß Ihr es für Euch selbst bereitgelegt hattet und daß ich es nicht lesen sollte, aber ich wollte es wenigstens anfassen. Ich wußte nicht, daß das etwas schadet.«

»Du hattest nichts damit zu schaffen«, beharrte Morat.

Raist biß sich wütend und tief enttäuscht auf die Lippe. Nach der ganzen, stundenlangen Anstrengung so zu versagen, bei dieser unerwarteten Prüfung der Selbstbeherrschung! Er hätte am liebsten losgeheult, doch er wollte sich – wie sein Schwester Kitiara – keine Blöße geben, nicht vor diesem hartherzigen Zaubermeister. Diese Genugtuung würde Raist Morat nicht lassen.

»Na schön, Junge, der Tag ist vorbei. Dein Vater und deine Schwester sind da. Ich danke dir, daß du nicht weiter meine Zeit verschwendest.«

»Ja, dein Sohn ist begabt, aber ich bezweifle, daß er unser strenges Programm hier körperlich durchsteht. Nach dem Lernen am Nachmittag war der Junge allen Ernstes so erschöpft, daß er über seinen Büchern eingeschlafen ist.«

Morat sprach mit fester Stimme. Er und Gilon saßen am Tisch der Bibliothek, die jetzt ziemlich dunkel war und nur noch von der flackernden Kugel vor dem Zaubermeister erhellt wurde.

Gilon stählte sich. »Er ist vielleicht nicht kräftig«, erwiderte Raists Vater hartnäckig, »aber er hat einen starken Willen, und das hier ist das, was er wirklich will. Um ehrlich zu sein, der Junge würde nicht für einen Beruf taugen, bei dem es auf Körperkraft ankommt. Aber für ihn ist Magie keine Laune. Wenn Ihr ihn nicht nehmt, werden wir anderswo hingehen und versuchen, jemanden zu finden, der ihn unterrichtet. Ich habe mich erkundigt, und soweit ich weiß, gibt es einen Zauberer namens Petrock, der bei Haven eine ausgezeichnete Schule leitet.«

Das war von Gilons Seite her ein Bluff, wenn auch ein geschickter. Er schätzte Morat so ein, daß er bestimmt nicht auf den Ruhm verzichten wollte, der dabei abfiel, wenn er einen so begabten Schüler unterrichtete, und sei er noch so jung.

Das Knistern von Papier unterbrach das Gespräch. Raistlin saß im Schneidersitz mit einem dünnen Buch im Schoß in einer dunklen Ecke vor einem der Bücherregale. Morat schoß hoch, als er sah, was Raistlin tat.

Rasch durchquerte er den Raum und riß Raist das Buch aus der Hand. »Junger Mann, ich dachte, du hättest heute gelernt, daß man nicht mit Büchern spielt, die einem nicht gegeben wurden, besonders mit Zauberbüchern!«

Raistlin sah ihn kalt an. »Ich habe nicht damit gespielt. Ich habe es gelesen.«

Schockiertes Schweigen im Raum.

»Ich habe den ›Zauber, um Wasser in Sand zu verwandeln‹ gelesen«, fuhr der Junge trotzig fort, wobei er befriedigt den erstaunten Ausdruck wahrnahm, der über Morats Gesicht glitt. »Ihr könnt mich als Schüler zurückweisen. Aber ich lasse mir doch nicht die Gelegenheit entgehen, eins Eurer kostbaren Zauberbücher zu lesen!«

Morats Gesicht wurde rot vor Wut. Gilon zeigte in einem seltenen Zornesausbruch auf die Tür. »Das reicht, Raist. Du wartest draußen bei deiner Schwester.«

Als Gilon sich wieder umdrehte, hatte der Zaubermeister seine Wut wieder unter Kontrolle. Morat blätterte ein kleines, reich bemaltes Buch durch und überflog zahlreiche handschriftliche Listen und Pläne.

»Er kann zu Anfang der nächsten Woche herkommen«, sagte der Zaubermeister beiläufig, während er zu einer Schreibfeder griff und Raistlins Namen förmlich auf die Schülerliste setzte.

Gilons Kinnlade klappte nach unten. Trotz gewisser Fähigkeiten von Raistlin war sein Vater sicher gewesen, daß er an dieser angesehenen Schule nicht aufgenommen werden würde. Der Holzfäller bekam kein Wort heraus.

»Wie wirst du zahlen?« fragte Morat, als er aufsah, nachdem er Raistlins Namen in das Büchlein eingetragen hatte.

Zahlen? Das war etwas, womit der Holzhacker etwas anfangen konnte.

»Nun, Eure Lordschaft«, sagte Gilon, der unsicher war, wie man einen Zaubermeister anredete, ihn aber gewiß nicht verärgern wollte. »Ich bin Holzfäller, wie ich heute bereits erwähnte. Und wir verfügen nur über bescheidene Mittel. Ich hatte gehofft, daß ich den, äh, Unterricht zahlen könnte, indem ich Holzscheite für die Schule herbringe. Oder ähnliche Dienste für Euch verrichte, ein faires Geschäft. In Solace wird man Euch bestätigen, daß ich ein ehrlicher Mann bin und meine Rechnungen immer bezahle.«

»Pah!« schnaubte Morat. »Was soll ich mit bündelweise Feuerholz? Ich brauche nur einmal mit den Fingern zu schnipsen« – er hob die Hände, um es vorzuführen – »und schon habe ich alles Holz, das ich brauche. Nicht nur die hiesigen, sondern die seltensten, exotischsten Hölzer von ganz Krynn. Holz!«

Der Zaubermeister funkelte Gilon an, dessen Gesicht rot angelaufen war. Wieder stellte der Holzfäller fest, daß er kein Wort herausbrachte und daß seine Arme nutzlos an den Seiten herunterbaumelten.

»Pah!« wiederholte Morat, der sich wieder an sein Buch setzte und noch etwas zu Raistlins Namen kritzelte. »Ich werde dem Burschen eine Zeitlang ein Stipendium geben«, fügte der Zaubermeister verstimmt hinzu. »Dann werden wir sehen, ob er die Mühe wert ist.«

Bevor Gilon eine Antwort formuliert hatte, war Morat aus dem Raum gefegt und durch eine Tür, die Gilon bisher völlig übersehen hatte, hinter den hohen Regalen verschwunden.

Weil er die flackernde Kugel mitgenommen hatte, war die Bibliothek sofort in trübe Finsternis getaucht. Etwas benommen von dem, was ihm hier begegnet war, wich Gilon zu den Doppeltüren zurück, die zu dem langen Eingangskorridor führten, wobei er sich für alle Fälle ein paar Mal in Richtung des verschwundenen Zauberers verbeugte.

Klein-Raist war so ausgelaugt, daß Kit seinem erschöpften Gesicht nicht ansehen konnte, ob er alles begriff, was Gilon ihm berichtete. Statt dessen konnte der zukünftige Zauberer nicht mehr laufen und war schon wenige hundert Meter hinter Teichgrund in den Armen seines Vaters fest eingeschlafen.

Der Heimweg dauerte über eine Stunde, doch Gilon trug seine Last mit Gleichmut, denn sein Herz war zutiefst erleichtert. Es war eine klare Nacht, wie sie selten vorkam, und weder Kit noch Gilon war es danach, zu sprechen und dadurch die Stimmung zu unterbrechen.

In Wahrheit war auch Kit hellauf begeistert. Seit der Nachricht, daß Raist angenommen war, war ihre schlechte Laune wie fortgeblasen gewesen. Während sie ebenfalls müde vor sich hin trottete, überschlugen sich ihre Gedanken.

Raist wachte auch zu Hause nicht mehr auf, und Kit ließ das Abendessen stehen, das Rosamund zubereitet und warmgestellt hatte. Oben in ihrer Nische lag das Mädchen wach und dachte nach. Jetzt wußte sie, was sie tun würde – Ursa nachlaufen und ihn überzeugen, sie mitzunehmen.

Raist war in der Zauberschule untergekommen, und so mußte sie sich nicht mehr um ihn sorgen. Was Caramon anging, so vertraute Kit auf seine Fähigkeiten als Kämpfer.

Bald würde sie aufbrechen können.

Kitiara beschloß, weder Gilon noch Rosamund etwas über ihre geplante Abreise zu sagen, und nach einigem Überlegen entschied sie sich, auch Caramon nichts davon zu verraten.

Als sie am nächsten Morgen über die Ereignisse des Vortags redeten, erzählte Kit Raistlin, wo sie hinwollte. Aber er mußte ihr versprechen, es niemandem zu sagen, auch wenn sie bereits fort war.

Es war, als hätte es Raistlin schon vorher gewußt. »Kommst du irgendwann zurück?« fragte er. Die Stimme des Sechsjährigen klang gefaßt, doch Kit sah in seinen Augen Tränen glitzern. Es kam ihr vor, als würde eine Hand ihr Herz zusammenquetschen.

»Wahrscheinlich«, sagte sie vage. »Ich will doch sehen, wie meine kleinen Brüder zurechtkommen!« Seine Augen klagten sie an. »Ich muß das tun, Raist. Ich kann mein Leben nicht in dieser Hütte, dieser Stadt verbringen. Das will ich nicht. Das verstehst du doch?«

Zwei Nächte später, als das Licht von Solinari und Lunitari durch die Hütte flutete, schlich sich Kit leise die Leiter von ihrem Kämmerchen herunter. Als sie im Wohnraum stand, begrüßten sie die üblichen nächtlichen Geräusche. Aus dem Nebenzimmer kamen Gilons leises Schnarchen und Rosamunds gelegentliches Stöhnen und Seufzen.

Auf Zehenspitzen schlich sie zu den schlafenden Zwillingen. Caramon, das kleine Abbild seines Vaters, schnarchte traumverloren. Raist, dessen Gesicht im Schlaf entspannt wirkte, lag ganz still. Kit kämpfte mit ihren Gefühlen, während sie beiden Zwillingen die Bettdecke unters Kinn schob.

Kitiara sah sich nicht mehr um, als sie zur Tür ging und in die schimmernde Mondnacht trat.

Kapitel 6

Die Söldner

Kitiara holte die vier Männer nach Mitternacht an ihrem Treffpunkt ein und konnte ihnen leicht in einiger Entfernung folgen. Eine Stunde später schlugen sie abseits der Straße ihr Lager auf. Als sie am nächsten Tag aufbrachen, war Kit schon startbereit und folgte ihnen weiter in gleichbleibender Entfernung.

Auf diese Weise war die zweigeteilte Karawane inzwischen schon drei Tage lang vorgerückt.

Tagsüber brannte die Sonne hell am Himmel und warf einen warmen, bunten Schein über die Bäume, die Steine und die Erde. Nach Sonnenuntergang wurde alles schwarz und dunkel, und nur die beiden nächtlichen Wächter, Lunitari und Solinari, erleuchteten die Landschaft ein wenig.

Der dritte Mond, Nuitari, war für alle, bis auf die verworfensten Geschöpfe, unsichtbar.

Ursa und seine kleine Bande mieden offenbar die Hauptstraße und umgingen auf ihrem Weg nach Nordosten, der sie zum Ostwall-Gebirge führte, alle Städte und Siedlungen. Als das Land anstieg, wichen die offenen Ebenen einem düsteren Nadelwald. Allmählich war das Gefälle so stark und der Wald so dicht geworden, daß sie nur noch höchstens fünfundzwanzig Meilen am Tag schafften.

Allerdings schienen Ursa und seine Männer es nicht allzu eilig zu haben. Vom späten Vormittag bis zum Nachmittag ritten sie so gleichmäßig wie möglich durch, lagerten jedoch stets früh und waren nie darauf aus, beim ersten Sonnenstrahl aufzubrechen.

Einer der Männer ritt ein Maultier, das mit Töpfen und Vorräten beladen war. Der, der Radisson hieß, ritt einen schlichten Braunen. Der dritte, dessen Gesicht von einer Kapuze verdeckt wurde, saß auf einem prachtvollen weißen Hengst mit schwarzem Maul. Ursa lenkte seine Kit bekannte graue Stute.

Kit wurde bald klar, daß sie in etwa die Richtung nach Silberloch eingeschlagen hatten, einer Barackensiedlung, wo zwergische Bergleute lebten. Doch ihr Weg führte sie weiter nach Osten, so daß sie unterhalb der Stadt im offenen Hügelland herauskommen mußten. In dieser Gegend konnte sich eigentlich nichts außer dem einen oder anderen Gut oder Landsitz befinden. Was suchten sie nur bei Silberloch? Auch wenn es dort Minen gab, fand man dort kein Reichtümer, denn die Zwerge, die sich auf solche mühsamen Arbeiten spezialisiert hatten, bearbeiteten dort angeblich Steine und bahnten den Weg für eine Straße durch die Berge. Beim Jahrmarkt des Roten Mondes hatte Kit mitbekommen, wie die Söldner die Entführung eines jungen Edelmanns besprochen hatten, doch unter den Bergleuten war bestimmt kein Sohn aus adligem Haus.

Während der langen Stunden, in denen Kit Ursa und seiner Bande folgte, überlegte sie, was diese wohl planten. Es war ein Kinderspiel, ihnen unbemerkt zu folgen. Kitiara war eine gute Reiterin; sie hatte schon auf dem Rücken eines Pferdes gesessen, bevor sie noch richtig laufen konnte.

Cinnamon, die Fuchsstute, die einst Gregor gehört hatte, war sein Abschiedsgeschenk an sie gewesen. Obwohl sie das einzige Pferd der Familie war, war selbst in den schlechtesten Zeiten nie die Rede davon gewesen, sie zu verkaufen. Seit Gregor fortgegangen war, hatte Cinnamon immer als Kits Pferd gegolten, und jetzt ritt das Mädchen auf ihr.

Cinnamon kannte sich auf Waldwegen aus. Instinktiv wich sie tiefhängenden Zweigen aus und schnaubte warnend, damit Kit sich ducken konnte, wenn sie in den Weg hinein hingen. Offenbar hat meine Beute keine Ahnung, daß sie verfolgt wird, dachte Kit. Sie waren so unbekümmert wie ein Haufen Gnomen.

Der Bergwald unterschied sich deutlich von der vertrauten Landschaft um Solace. Es roch ungewöhnlich süß, die Luft war feucht, und das Blätterwerk war dicht und dunkel.

Zunächst war Kit von all dem Neuen wie berauscht gewesen, hatte unbekannte Pflanzen und Blumen bewundert, Fährten und Losungen betrachtet und dem Summen der Insekten und dem Zwitschern der Vögel gelauscht. Sie war hingerissen von den kleinen Dingen, die ihr auffielen: dem blauen Reif, der früh morgens auf den Blättern lag; einem komischen Tier mit langer Schnauze und eingerollten Ohren, das sie aus einem Busch anstarrte, ehe es schnell auf allen vieren davonsprang; einer birnenförmigen Frucht mit Stacheln, die sehr sauer schmeckte.

Aber nach einer Weile sah dann alles vor ihr und hinter ihr gleich aus, ein verwaschener, blaugrüner Anblick. Irgendwann wünschte sich Kit, sie würden endlich ihr geheimnisvolles Ziel erreichen. Zwischendurch überlegte sie, ob sie es riskieren sollte, herauszukommen und sich zu zeigen.

Kitiara markierte ihren Weg durch Kerben in Baumstämme, die sie versteckt überall hinterließ.

Sie hatte keine Angst, sich zu verirren. Gregor hatte ihr beigebracht, wie man in der Wildnis überlebte, und seit er fort war, hatte sie sich darum bemüht, noch mehr zu lernen. Gilon und sogar Bigardus, der gutmütige Heiler, hatten sich als brauchbare Quelle des Wissens erwiesen. Sie wußte genug, um notfalls zu Fuß und ohne Vorräte nach Solace zurückzufinden.

Kit konnte nahrhafte Nüsse und Beeren sammeln. Sie konnte ein Feuer so anlegen, daß es windgeschützt war und trotzdem Wärme abgab.

Sie konnte nachts einen flachen Graben für sich ausheben, um Wärme und Schutz zu haben.

In den vielen Bächen, die das bergige Gelände durchzogen, gab es reichlich frisches Wasser. Ihr Schultersack enthielt die einzigen Dinge, die sie hatte mitnehmen wollen und die einzigen Dinge, die sie vielleicht brauchen würde: getrocknetes Fleisch in Streifen, ein Stück Seil, eine beinerne Pfeife, warme, wollene Unterwäsche und ein kleines, schweres Schnitzmesser von Gilons Werkbank. Das war die einzige Waffe, die sie in die Hände bekommen hatte. Die Decke, auf der Kit beim Reiten saß, spendete ihr nachts Wärme.

Nachts erinnerte sie sich an die wenigen Male, wo sie mit Gregor im Freien übernachtet und lange am Lagerfeuer gesessen hatte. Die Augen ihres Vaters hatten sie in Bann geschlagen, während er von eigenen und von fremden Taten erzählt hatte. Dann glitzerten seine dunkelbraunen Augen wie Wasser im Mondlicht. Besonders bei Nacht fielen Kit die Dinge ein, die ihr Vater ihr beigebracht hatte.

»Der Tag kann schön und sonnig beginnen«, hatte Gregor gern gesagt, »und dich im nächsten Augenblick verraten. Geht morgens wie ein wahrer Freund los und ist dann auf einmal dein Feind. Die Nacht ist beständiger – gefährlich und dunkel, schon richtig, aber beständig. Auf die Gefahr kann man sich in einer Weise verlassen, wie man sich nie auf einen Freund verlassen kann.

Manche Leute sind tagsüber so und nachts ganz anders. Aber die Nacht zeigt die wahre Gestalt, denn Dunkelheit beleuchtet einen Mann besser als Sonnenschein, dessen Strahlen die Augen täuschen kann.

Ich kannte zum Beispiel mal einen Ritter, der mit einem jungen Knappen herumzog. Bei Tag war dieser Ritter – er hieß Sarn – einer der großen Recken von Krynn. Ein trinkfester Kamerad und ein kühner Schwertkämpfer. Aber bei Nacht wurde genau dieser Mann richtig handzahm, und sein Knappe, ein kleines Bürschchen namens Winburn …«

Kitiara hatte selten das Ende von Gregors Geschichten mitangehört, denn sie schienen ewig weiterzugehen, während sie einschlief. Heute, wo ihr bei ihrem ersten echten Abenteuer eine weitere einsame Nacht bevorstand, fragte sie sich wieder einmal, was aus ihrem Vater geworden sein mochte. Die Einsamkeit, die Geräusche und die Finsternis dieses Waldes flößten ihr keine Angst ein, sondern waren merkwürdig tröstlich, als ob irgendwo auch Gregor Uth Matar in der Nacht wach saß und an sie dachte.

Am Ende des dritten Tages hatten sie ihrer Schätzung nach über fünfundsiebzig Meilen zurückgelegt und ritten immer noch in Richtung Silberloch durch den Wald. Zunächst hatte sich Kitiara mehrere Stunden hinter Ursa und seinen Männern gehalten, doch am vierten Tag wurde sie ungeduldig. Ohne sich um ihre mögliche Entdeckung zu scheren, schlug sie ein schnelleres Tempo ein, so daß sie sich ihnen auf eine knappe Wegstunde Abstand näherte.

Im Schutz der Dunkelheit beging Kit den zusätzlichen Fehler, sich nah ans Lager zu schleichen, um zu lauschen, weil sie hoffte, sie könnte noch etwas mehr über ihr Ziel herausbekommen. Sie war stolz auf sich, als sie sich durch die Felsen und Bäume langsam einen Weg zu den am Boden kauernden Gestalten suchte. Ursa und ein anderer Mann, beide in Decken gehüllt, wandten ihr den Rücken zu. Der kleine, wieselflinke Mann mit dem Namen Radisson sah in ihre Richtung und redete mit Nachdruck; seine Stimme kannte sie noch vom Markt. Ein vierter, großer Mann stand leicht gebeugt mit traurigem Gesicht neben der Schulter des kleinen Mannes und hörte genau zu. Hin und wieder sagte der mit dem traurigen Gesicht etwas Unverständliches, was beipflichtend klang.

Ihr Tonfall war leise und verschwörerisch, und Kit mußte näher heran als klug war, um überhaupt etwas zu verstehen. Der Kleine erklärte eine Strategie. Sie konnte nur gelegentlich ein paar Wortfetzen aufschnappen wie »beträchtliches Vermögen« und »die Gelegenheit ist günstig«. Diese Hinweise auf ihren Auftrag ließen Kit noch neugieriger werden. Auf Händen und Knien kroch sie so weit vorwärts, daß sie nur noch hätte aufspringen und sie anspucken müssen.

Da fiel auf einmal etwas Großes, Schweres auf Kits Rücken und warf sie zu Boden. Sekundenlang blieb ihr die Luft weg. Als sie wieder klar denken konnte, wurde sie gerade von der Erde hochgerissen und sah sich Auge in Auge Ursa gegenüber. Der Ausdruck auf seinem finsteren Gesicht verriet Empörung, die sich mit Erstaunen mischte.

»Du schon wieder!« rief Ursa, der sie am Kragen gefaßt hatte. Kit war so benommen, daß sie bloß vergeblich mit den Füßen treten konnte, um wieder Boden unter den Füßen zu bekommen.

Während Ursa sie festhielt, packte jemand anders ihre Hände und fesselte sie hinter ihrem Rücken. Kitiara schaffte es, sich umzudrehen, so daß sie den Vierten sehen konnte.

Der war etwas größer und sehniger als Ursa und hatte obsidianschwarze Haut. Seine Haare fielen ihm schwarz über die Schultern und waren so lockig, daß es aussah, als wäre sein Kopf von zischelnden Schlangen bedeckt. Im Mondlicht erschrak Kit vor den blendend weißen Zähnen in seinem breit grinsenden Mund und dem einzelnen Goldring, der an seinem rechten Ohr baumelte. Seine Hautfarbe und seine gestreiften Pluderhosen ließen sie vermuten, daß er von der fernen Insel Karnuth stammen mußte. Sie erinnerte sich, es hieß, jene Rasse verfüge über ganz besondere Kräfte.

Die Karnuthier sah man allerdings hierzulande nur selten, weil sie angeblich lange Seereisen scheuten.

»Autsch!« rief Kit aus, vor allem, um zu sehen, wie sie reagieren würden, weniger vor echtem Schmerz.

»He, du tust ihr weh«, sagte der Karnuthier etwas mitfühlend. Kit erkannte seine Stimme wieder; sie hatte sie auf dem Markt des Roten Mondes schon gehört – tief und weich, aber mit dem Hauch einer Drohung.

»Ist mir egal«, erwiderte Ursa, der noch fester zupackte. Er lächelte nicht.

»Wer ist das, El-Navar?« fragte eine andere Stimme. »Wen haben wir erwischt?«

Die anderen beiden Söldner eilten herbei, um einen Blick auf Kit zu werfen. Der Karnuthier mit dem Namen El-Navar hatte das Messer in ihrem Stiefel gefunden und hielt es mit einem vielsagenden Blick zu Ursa hoch, ehe er es beiläufig in seinen Gürtel steckte. Sein Grinsen war seltsam trügerisch für jemanden mit einem so wilden Äußeren.

»Großartige Vorstellung, Radisson«, sagte El-Navar zu dem mit dem Wieselgesicht. »In deiner Zeit als Wanderschauspieler hast du scheinbar wirklich etwas gelernt.«

»Wer ist sie?« zischte Radisson. Der Ausdruck auf seinem bleichen, zerfurchten Gesicht war ausgesprochen feindselig.

»Hab' ich euch nicht gesagt, daß uns jemand folgt?« prahlte

El-Navar. Bei jeder seiner Bewegungen glitzerte der goldene Ohrring im Mondlicht. Die anderen nickten zustimmend.

Ursa hatte Kit auf den Boden gestellt, ihr Bündel aufgeknotet und den Inhalt auf dem Boden ausgeleert. Nachdem er darin nichts Interessantes gefunden hatte, legte er ihre Sachen zurück und gab Kits Tasche dem großen, gebeugten Gefährten mit dem traurigen Gesicht, der sie gleichmütig entgegennahm. Dieser Mann hatte noch kein einziges Wort gesprochen.

Danach stieß Ursa Kit zum Lagerplatz voran. Als sie sich wehrte, griff er nach dem Seil um ihre Handgelenke und zerrte grob daran, so daß ihre Schulterblätter sich verrenkten. Sie stolperte praktisch über ihre eigenen Füße, als sie nach hinten gezogen wurde, doch sie protestierte nicht. Diese Blöße würde sich Kitiara nicht geben.

Die drei anderen folgten ihnen, wobei ihre Mienen so unterschiedlich waren wie ihre Persönlichkeiten: El-Navar neugierig und sogar etwas amüsiert; Radisson kalt und mißtrauisch; der mit dem traurigen Gesicht bestürzt. Als Ursa das Lager erreichte, versetzte er Kit einen Stoß, der sie kläglich auf dem Boden landen ließ. Sie rollte über den Boden und schob sich dann mühsam an einem Baumstumpf zum Sitzen hoch. Als sie sich umsah, bemerkte Kit die Zweige und das Buschwerk, womit die Decken vor dem Feuer ausstaffiert waren. Blöd, dieser uralte Trick! Aus ihren Augen sprühte die Wut auf sich selbst und auf ihre Häscher.

Ursa setzte sich auf einen Stein neben ihr. Radisson und der große Mürrische folgten seinem Beispiel etwas weiter abseits. Mißtrauisch musterten sie Kitiara.

»Ihr Pferd steht schätzungsweise eine Meile zurück«, sagte Ursa.

Sein Ton war gleichmütiger und beiläufiger geworden, verriet aber keinerlei Wärme. Nachdenklich pfiff er vor sich hin, während er die Glut des Feuers schürte. Fast unmerklich glitt sein Blick über die Baumkronen.

»Ich bin ziemlich sicher, daß sie allein ist«, sagte er, nachdem er die Umgebung des Lagers eingehend abgesucht hatte.

Die andern beiden warteten offenbar darauf, daß Ursa oder El-Navar eine Entscheidung über Kits Schicksal trafen. Aber Ursa sagte nichts weiter, und El-Navar, der sich am Feuer die Hände wärmte, schien sich für die ganze Sache kaum noch zu interessieren. Jeder wartete anscheinend, daß der andere handelte.

»Was machen wir mit ihr?« jammerte Radisson, der nach einigen Minuten des Schweigens überdrüssig war.

»Sie weiß überhaupt nichts«, sagte Ursa mit Nachdruck.

»Warum ist sie uns dann gefolgt?« wollte Radisson wissen. Der Wind frischte auf und trieb die Blätter um das Lagerfeuer kreisförmig auseinander. Irgendwo weit entfernt heulte etwas. Kit bemerkte, daß den vier Männern unheimlich zumute war, besonders Radisson, dessen Augen in ihren Höhlen hin und her schossen.

Ursa steckte die Hände in die Taschen, um sie zu wärmen. Dabei pfiff er weiter seine Melodie, ohne zu antworten. Er schien Radisson keine Aufmerksamkeit zu zollen, aber seine Augen begegneten Kitiaras Blick. Er runzelte die Stirn.

»Jeder Halbidiot hätte euch folgen können«, schnaubte Kitiara verächtlich. »Selbst ein Mammut ist unauffälliger. Ihr habt überall Abfall und deutliche Spuren hinterlassen. Ihr habt keinen Respekt vor dem Wald.«

Radissons Gesicht wurde noch verkniffener. Seine Hände zuckten unruhig zu dem Messer an seinem Gürtel. Überraschend schnell stand er auf, kam zu ihr herüber und schlug Kitiara mit dem Handrücken so heftig ins Gesicht, daß sie den Schlag schon spürte, bevor ihr klar wurde, daß er kam. Auf der Stelle platzte ihre Lippe auf und begann zu bluten. Kit kämpfte mit ihren Fesseln und biß die Zähne zusammen, um nicht aufzuschreien.

»Hüte deine Zunge«, sagte der Schurke.

Der Karnuthier schien das urkomisch zu finden, denn er bog sich vor Lachen. Als er sich aber wieder aufrichtete, war sein Gesicht ernst. El-Navar zog ein Taschentuch aus der Tasche und wischte Kit überraschend sanft das Blut von Mund und Kinn. Ursas Augen folgten jedcr Bewegung.

»Na, na, na, Radisson«, sagte El-Navar energisch. »Kein Grund für solche Männerallüren. Schließlich ist sie fast noch ein Kind, gerade mal zwölf, schätze ich.«

»Dreizehn«, erklärte Kitiara mürrisch. »Fast vierzehn.«

»Und eine recht hübsche Dreizehnjährige, finde ich«, fügte der Karnuthier hinzu. Er faßte Kit etwas grob ans Kinn und zog ihr Gesicht nach oben. Ursa und Radisson schwiegen.

In der Gruppe herrschte plötzlich eine etwas angespannte Stimmung.

»Also, raus mit der Sprache, Mädchen«, fuhr El-Navar strenger fort. »Wie heißt du? Warum bist du uns gefolgt?«

»Kitiara Uth Matar«, sagte Kit eisig. »Du hättest ihn fragen können, wenn du das wissen wolltest«, fügte sie mit einem Wink zu Ursa hinzu.

»Du kennst sie?« fragte der Karnuthier, der sich überrascht zu Ursa umdrehte.

»Ich hab' sie mal getroffen«, sagte Ursa betont neutral, »als sie noch klein war ...«

Kitiara sah ihn trotzig an.

»Sie hat mich in Solace erkannt und ist zu mir gekommen. Ich hab' sie weggeschickt.«

»Sie weiß, wie wir aussehen, El-Navar«, sagte Radisson matt. »Was weiß sie noch?«

»Sie weiß überhaupt nichts«, erwiderte Ursa kurz angebunden. »Ich finde, wir lassen sie laufen. Was kann sie schon anstellen?«

El-Navar sagte gar nichts. Ob er oder Ursa der Anführer war, war Kitiara nicht klar. Radisson wartete jedoch eindeutig darauf, daß einer von beiden eine Entscheidung traf.

Einzig der große Mann mit der traurigen Miene hielt sich aus der Sache ganz heraus. Er hockte zusammengesunken auf dem Boden, hatte ein zerfleddertes Buch herausgezogen und schien im Feuerschein konzentriert darin zu lesen, wobei sich seine Lippen bewegten. Aus seinem Mund floß die ganze Zeit Speichel, der auf die Seiten tropfte. Die anderen, die zweifellos an seine Marotten gewöhnt waren, beachteten ihn nicht.

El-Navar ging in die Knie, damit er Kit in die Augen sehen konnte. »Was sagst du dazu, Kitiara?« fragte er. »Warum bist du uns gefolgt?«

Sein Ton war freundlicher geworden, doch seine Augen glitzerten hart wie Diamanten. Der goldene Ring baumelte herab, als er sich nach vorn beugte.

»Ich wollte mitkommen«, sagte sie unbestimmt.

»Wie?« fragte Radisson barsch. Ursas Gesicht verriet keine Regung.

»Mitkommen. Ich wollte mitkommen«, wiederholte Kit, diesmal mit mehr Entschlossenheit.

El-Navar ließ ihr Kinn los und stand kopfschüttelnd auf. Er lachte in sich hinein. Das schien die Spannung zu brechen, und sogar Ursa brachte ein zaghaftes Lächeln zustande. Der traurige Lesende, der über seinem Buch hing, ignorierte sie weiterhin. Nur Radisson sah verwirrt und verärgert aus.

»Wer sind wir denn, ein fahrendes Waisenhaus?« fragte El-Navar.

»Nein.« Kit zögerte. »Ich wollte mithelfen, mit Gwatmeys Sohn fertigzuwerden«, wagte sie sich kühn vor.

Das Lächeln verschwand. Selbst der Lesende hatte den Satz gehört und sah besorgt auf. Ursa sprang auf und zog El-Navar beiseite, wo er flüsternd auf ihn einredete. Radisson funkelte Kit an. El-Navar warf einen Blick über die Schulter und nickte dann zustimmend.

Er löste sich von ihm. Ursa setzte sich wieder.

»Wieviel weißt du?« fragte El-Navar angespannt.

»Zuviel! Jetzt müssen wir sie töten!« rief Radisson aus.

»Versucht's doch!« meinte Kit herausfordernd. Wieder sprang Radisson überraschend schnell auf sie zu, doch diesmal war El-Navar schneller und hielt ihn auf, indem er den Kleineren beiseite schubste. Radissons Blicke hätten töten können, doch er konnte nichts gegen den Größeren tun, dessen charismatische Person – abgesehen von seiner Größe – Respekt einflößte.

»Nicht so hastig, Radisson«, mahnte El-Navar. »Schalt erst deinen Kopf ein. Dieses Mädchen ist dir nicht gewachsen, auch wenn sie dir in anderer Hinsicht das Wasser reichen kann. Eine ordentliche Ringerin, zum Beispiel, was seinen Wert haben kann.«

Obwohl Kit den Grund nicht verstand, vermittelte etwas in El-Navars Worten, etwas in seinem Tonfall, Radisson eine Botschaft. Anstatt wütend zu werden, kam der Kerl zu Kits Platz herüber. Er starrte sie an, woraufhin sein Gesichtsausdruck sich änderte und nachdenklich wurde.

Auch El-Navar umrundete Kit und musterte sie. »Ich finde, wir nehmen sie mit«, erklärte er, nachdem ein paar lange Augenblicke verstrichen waren. »Laßt sie ... wie sie sagt, ›mitkommen‹.«

Ursa warf einen Blick auf Kit und sah dann wieder El-Navar an. Er zuckte mit den Schultern, um seine Gleichgültigkeit zu bekunden. Immer noch ungerührt starrte er Kit mit seinen dunklen, quecksilberfarbigen Augen an.

»Vielleicht«, meinte Radisson störrisch.

»Sieh sie dir an«, forderte El-Navar Radisson auf. »Sie hat doch ungefähr deine Größe. Und sie hat Schneid. Für uns würde es das Risiko gewaltig verringern, und du wärst da, wo du am meisten gebraucht wirst.«

Nach langem Zögern zuckte Radisson als Zeichen zurückhaltender Zustimmung mit den Schultern. Kit registrierte, daß sich niemand darum scherte, das vierte Mitglied der

Gruppe zu befragen – Trauerkloß, wie sie ihn heimlich getauft hatte.

»Hast du ein gutes Pferd? Kannst du schnell reiten, Kitiara?« fragte El-Navar.

»Schnell genug!« sagte sie aufgeregt.

Er schnitt ihr die Fesseln durch. »Dann gehörst du zu uns«, entschied er und klopfte ihr auf die Schulter.

Kitiara rieb sich kläglich die Handgelenke und sah in die vier Gesichter, die sie anstarrten. Obwohl sie noch nicht allzu zuversichtlich war, zwang sie sich zu einem Lächeln.

»Also …«, sagte der mit dem Schurkengesicht.

»Na los, Radisson!« donnerte El-Navar. »Sei kein Esel. Gib unserm neuen Partner die Hand!«

Am folgenden Tag und dem Tag drauf ritten sie weiter nach Nordosten.

Abgesehen von Radisson, der seine mißtrauische Haltung Kit gegenüber aufrechterhielt, schienen die anderen das Mädchen zu akzeptieren. Wo sie hinwollten und was sie dort eigentlich vorhatten, blieb allerdings ein Geheimnis. Zumindest konnte Kit trotz aller Bemühungen absolut keine weiteren Einzelheiten herausbekommen. »Nur Geduld«, sagte El-Navar jedes Mal, wenn sie das Thema anschnitt. »Alles zu seiner Zeit.«

El-Navar war äußerst rätselhaft. Wie die Menschen, von denen Gregor Kit einst erzählt hatte, schien er tagsüber so, nachts jedoch ganz anders zu sein. Wenn die Sonne schien, verschwand El-Navar unter seiner Kapuze; ja, er verschwand regelrecht aus der Gruppe. Seine Augen wurden schläfrig, fast wie die eines Schlafwandlers und von der spontanen Art, die ihm nach Einbruch der Dunkelheit zueigen war, blieb nur wenig übrig. Er ritt zwar weiter mit, sackte dabei jedoch in sich zusammen und redete wenig.

Bei Tag war Ursa eindeutig der Anführer. Aber nach einem

langen Tag im Sattel, nachdem das Lager aufgeschlagen und das Essen gefaßt war, war Ursa gewöhnlich so müde, daß einem die Befürchtung kam, er würde seine Wache nicht mehr schaffen. Um diese Zeit sprühte der Karnuthier vor Energie. Es bestand offenbar ein Einvernehmen zwischen Ursa und El-Navar, und keiner von beiden kämpfte um die Führung.

Der Große mit dem traurigen Gesicht sagte auch weiterhin sehr wenig zu allen. Ihm oblag die Verantwortung für die Pferde und für das Essen, denn er bereitete die kleinen Tiere zu, die sie unterwegs in Fallen fingen oder schossen. Kit hatte ihn nach seinem Namen gefragt und auch Antwort bekommen. Er hieß Schlaukopf – ein Name, den sie sich in Verbindung mit einem so seltsamen Mann nur schwer merken konnte. Darum nannte Kit ihn weiter »Trauerkloß«. Die anderen hatten so viel Spaß daran, daß der Spitzname an ihm hängen blieb.

Zu Kits großer Enttäuschung behandelte Ursa sie weiterhin kühl. Sie beschloß, großzügig darüber hinwegzusehen, und versuchte, sich mit ihm besser anzufreunden, indem sie neben ihm ritt und ihn ausfragte. Am ersten Tag konnte sie ihm kaum ein Nicken in ihre Richtung abringen.

Am zweiten hatte sie mehr Glück. Ursa lächelte, als sie zu ihm aufschloß. Überrascht und erfreut beschloß Kit, ihn nach Gregor zu fragen, der ihr in diesen Tagen – oder eher in den Nächten – viel im Kopf herumging.

»Ursa, an dem Tag, als wir uns zum ersten Mal begegnet sind, da hast du gesagt, du hättest von meinen Vater gehört. Hast du seitdem mal wieder von ihm gehört?«

Ursa sah zur Seite. »Nein«, sagte er kurz, als er sie wieder anblickte.

»Ich weiß noch, wie du mir erzählt hast, du hättest als letztes gehört, daß Gregor im Norden ist«, beharrte sie. »War das irgendwo in der Nähe von dem Ort, wo wir jetzt hinwollen? Meinst du, es besteht eine Chance, daß sich unsere Wege kreuzen?«

Obwohl sie sich größte Mühe gab, ihre Gefühle zu beherrschen, bemerkte Kit selbst ihren flehentlichen Tonfall.

»Kitiara, das ist lange her und war weit ab von unserem augenblicklichen Ziel. Ich geb' dir einen guten Rat: Wenn Gregor Uth Matar freiwillig so weit fortgegangen ist, dann will er entweder nicht von dir gefunden werden« – Ursa machte eine Pause – »oder er ist tot.«

»Tot? Warum sagst du das?« Aber Kits Fragen erreichten nur noch Ursas Rücken, als der davongaloppierte, um weiter vorne zu kundschaften.

Sie ritten in nordöstlicher Richtung, bis sie oben im Ostwall-Gebirge waren, wo sie auf allen Seiten Felsen und Abhänge umgaben. In der dritten Nacht machten sie früh Rast. Kit bemerkte eine gewisse Erwartungshaltung an den anderen, die ihre Waffen schärften und ihre Ausrüstung überprüften. Auch die Pferde wurden besonders gut versorgt. Radisson vergewisserte sich, daß sie reichlich Futter und Wasser bekamen.

Trauerkloß kochte eine Bohnensuppe, die sie alle hungrig herunterschlangen. Anschließend zog er sich zurück und las in seinen Lieblingsbuch, dessen Seiten er vollsabberte, bis er einschlief. Radisson wickelte sich in seine Decke und legte sich nah am Feuer auf die Erde. Ursa und El-Navar betrachteten ein Stück Pergament – anscheinend eine Karte – aus El-Navars Tasche, wobei sie sich leise besprachen.

Nach einer Weile kam El-Navar zu Kit herüber. »An die Arbeit. Ich werde dir die Haare schneiden.« Er holte sein kurzes Messer mit der Doppelklinge heraus und zog es über einen Stein, ohne sie aus den Augen zu lassen.

»Wieso?« fragte sie überrascht und hielt schützend eine Hand an den Kopf. »Sind sie nicht kurz genug?«

Kitiara hörte Ursa belustigt grunzen, als dieser zu seiner Decke ging. Es war sein erstes echtes Lachen seit mehreren Tagen, wenn auch auf ihre Kosten.

»Sie müssen noch kürzer sein«, erläuterte El-Navar, »und ich brauche ein paar für morgen. Morgen ist der Tag, wo der … *Plan* über die Bühne geht, und da mußt du aussehen wie ein bestimmter Mann.«

»Gwatmeys Sohn?«

El-Navar antwortete nicht, doch Kit ließ ihn näherkommen und ihre Haare kämmen.

»Ach«, schwärmte El-Navar. »Du hast schöne Haare, Kitiara. Schwarz wie die Nacht. Schade, daß wir einen Teil davon abschneiden müssen.« Er fing an zu schneiden, und nahm kleine Büschel ab, die er in eine Blechdose legte. »Aber es ist notwendig.«

El-Navar war erstaunlich geschickt, er schnitt akkurat, besonders im Nacken. Kit erschauerte unwillkürlich, als er seine starke Hand auf ihren Hals legte, damit sie den Kopf nach vorne senkte, doch es war keinesfalls unangenehm. Er arbeitete lange schweigend vor sich hin.

Seine ebenso sanften wie sicheren Bewegungen lullten Kit ein.

»Was liest Trauerkloß da eigentlich die ganze Zeit?« fragte sie.

»Oh«, sagte El-Navar beim Arbeiten, »Das ist so ein Buch, das er auf irgendeinem Markt gekauft hat. Zaubertricks und Zaubertränke. Ich kann kein bißchen lesen. Er glaubt, daß er durch das Lernen einmal ein Zauberer wird. Es ist ihm gelungen, sich ein paar einfache Sprüche anzueignen, die wirklich praktisch sein können. Ich nehme an, daß wir morgen etwas von seiner Kunst zu sehen bekommen.«

El-Navar war sehr sorgfältig. Eine Zeitlang widmete er sich ihrem Pony, den er fast bis zum Haaransatz zurückschnitt. Und dabei starrte er Kit direkt in die Augen. Überrascht stellte sie fest, daß seine Augen gar nicht hart und metallisch glänzten, wie sie ihr erst vorgekommen waren. Sie konnte durch sie hindurchsehen bis in sein Wesen, das voller Sinnlichkeit war. Sein heißer Atem roch aromatisch, was sie an ferne Länder denken ließ.

»Aber«, fuhr El-Navar fort, »Trauerkloß hat keine echte Begabung zum Zauberer. Alles nur Tricks und Illusionen. Ich für meinen Teil finde, die Magie zieht wie die Pest durch Krynn, und es gibt viel zu viele Leute, die sich als Sprücheklopfer versuchen, obwohl sie mit ihrem Leben etwas anderes anfangen sollten.«

»Sag mir doch«, bat Kitiara und wechselte das Thema, »wer ist Gwatmeys Sohn, und warum ist er für uns so wichtig?«

Der Karnuthier lachte herzlich, wobei sie seine weißen Zähne sehen konnte, schüttelte seine lockigen Schlangenhaare und ließ den Goldring wild herumtanzen. »Du gibst nicht auf, Kitiara«, sagte er, »aber du wirst alles noch früh genug erfahren. Jetzt nicht. Nicht heute ...« Seine Stimme schnurrte tief und beruhigend.

Der Himmel war dunkel. Die anderen drei Männer waren anscheinend eingeschlafen. Lunitari hatte sich hinter Wolken versteckt, doch Kit konnte sehen, daß der rote Mond voll war.

»Fertig!« Der Karnuthier stand auf, griff in seine Tasche und zog eine Spiegelscherbe heraus, die er Kitiara hinhielt.

Sie betrachtete sich gründlich und fand ein erstaunlich fremdes Gesicht, das an Stirn und Schläfen sehr viel Haut zeigte, die von Koteletten umrahmt wurde. Gekrönt wurde alles von einem exakt geschnittenen schwarzen Haarschopf. Jetzt sah sie wirklich aus wie ein junger Edelmann.

El-Navar steckte ein paar Haarsträhnen in einen kleinen Beutel. »Den Schnurrbart machen wir morgen früh fertig«, sagte er.

»Schnurrbart?«

»Du bist unser Lockvogel, Kitiara«, sagte El-Navar. »Wir sind nicht hinter Gwatmeys Sohn her. Um genau zu sein, wir sind hinter dem her, was er bei sich hat. Während wir ihn angreifen, führst du seine Wachen ein bißchen an der Nase herum. Aus einiger Entfernung wirst du fast genauso aussehen wie der Junge.«

El-Navar lief zu Radissons Pferd und holte etwas aus den Satteltaschen. »Radisson sollte diese Rolle spielen, aber dann bist zufällig du aufgekreuzt. Wir können ihn auch woanders gebrauchen. Hier, probier die mal an«, fügte er hinzu, während er ihr ein kleines Kleiderbündel zuwarf. »Damit sie dann auch passen.«

Kitiara nahm die Sachen und verschwand hinter einem Baum. Die Verkleidung bestand aus Lederhosen, einem brokatbesetzten Hemd und einer teuren Weste. Eine Jacke vervollständigte den Anzug. Die Sachen waren ein bißchen weit, aber Kitiara kam damit zurecht und trat hinter dem Baum hervor, um sich El-Navar zu zeigen. Der reinigte sein Messer mit Wasser. Als er aufsah, war er richtig überrascht. Langsam steckte er das Messer ein und stand auf, um Kitiara genauer anzuschauen.

»Ja«, sagte er mit erkennbarer Befriedigung.

Sie blickte ihn stirnrunzelnd an. »Ich komme mir blöd vor. Kann ich nicht etwas Wichtigeres machen?«

»Du machst etwas sehr Wichtiges«, sagte El-Navar. »Keine Bange.«

»Was für Reichtümer hat denn der feine Herr dabei?«

»Morgen, Kitiara«, antwortete El-Navar gutgelaunt. »Jetzt schlaf lieber.«

Kit betrachtete ihr Gesicht noch einmal in der Spiegelscherbe; sie mußte zugeben, daß es ihr gefiel, wie sie in dieser luxuriösen Garderobe aussah. Als sie den Winkel des Spiegels veränderte, entdeckte Kit, daß El-Navar sie ungeniert anstarrte. Plötzlich merkte sie, wie sie zitterte. Kit hielt seinem Blick mehrere Sekunden lang stand, bevor sie den Spiegel senkte.

»Gefällt mir«, sagte sie, als sie sich zu seinen glitzernden Augen umdrehte.

Bevor Kit hinter den Baum ging, um sich wieder umzuziehen, gab sie dem Karnuthier seinen Spiegel zurück. Sie hatte gerade die Lederhosen ausgezogen und knöpfte ihr Hemd auf, als El-Navars Stimme als hypnotisierendes Flüstern herüberdrang.

»Es wird eine kalte Nacht, Kitiara«, sagte El-Navar. »Ich könnte meine Decke mit dir teilen.«

Halb ausgezogen kam sie hinter dem Baum hervor.

»Was meinst du damit?« fragte sie knapp.

»Komm her zu mir«, erwiderte El-Navar.

Aus Gründen, die sie nicht in Worte hätte fassen können, warf Kit einen Blick zum schlafenden Ursa. Der lag mit dem Rücken zu ihr. Sie konnte nicht sehen, wie er bei El-Navars Worten die Augen aufriß. Doch er lag still, als schliefe er. Ohne weiter zu zögern, ging Kitiara zu El-Navar.

Kapitel 7

Lockvogel

Kitiara schlief traumlos. Als ihre Augen sich langsam öffneten, streckte sie sich und gähnte. Kit stellte erschrocken fest, daß ihr die Sonne hell in die Augen schien, und sie sprang bestürzt auf, wobei sie die Decke um sich zog.

Sie hatte am längsten geschlafen. Radisson, der gerade etwas an seinem Pferd festzurrte, grinste höhnisch. Trauerkloß saß bereits mit Sack und Pack auf seinem Maultier und wirkte so wach und zielstrebig wie seit Tagen nicht.

Mit schamrotem Gesicht huschte Kit hinter die Büsche, um ihre Männerkleidung anzulegen. Sie konnte Radisson kichern hören. Ursa sagte etwas zu ihm. Radisson murmelte noch etwas, doch Ursa befahl ihm, die Klappe zu halten. Wütend zog sie sich fertig an und kam wieder hinter den Büschen vor.

Ursa kam mit zornigem Gesicht zu ihr herüber. Er griff in die Tasche und holte einen Streifen Haarsträhnen von Kit heraus, die an einem Stück Mousselin befestigt waren. Mit einer Paste klebte er ihr den nachgemachten Schnurrbart so unsanft unter die Nase, daß sie zusammenzuckte. »Ja«, sagte Ursa beifällig, als er ihre männliche Verkleidung begutachtete.

In der ganzen Gruppe war eine gewisse Spannung zu spüren, jetzt, wo sie dem Ziel so nahe waren.

Aber wo steckte El-Navar? Sie entdeckte den sehnigen Karnuthier auf seinem weißen Hengst auf einer etwas entfernten Anhöhe, wo er mit der Hand seine Augen beschattete und nach Nordosten blickte. El-Navar saß fast wie ein Buckliger zusammengesunken im Sattel, denn wie gewohnt war er bei Tage wieder merkwürdig träge.

Für Kit hatte er keinen Blick übrig.

Sie merkte, daß sie den Karnuthier offen anstarrte und daß Ursa sie genau beobachtete. Deshalb wandte Kit ihr Gesicht abrupt dem Söldner zu.

»Warum habt ihr mich nicht eher geweckt?« wollte sie verärgert wissen.

»Warum bist du nicht von selber aufgewacht, Prinzessin?« flötete Radisson von seinem Pferd aus. Trauerkloß brach ganz untypisch in schallendes Gelächter aus.

Kitiara machte einen Schritt auf Radisson zu, während ihre Hand zu ihrem Messer glitt, das nicht da war – tatsächlich, sie war unbewaffnet, und zu ihren Kleidern gehörte weder ein Gürtel noch Schlingen für Waffen.

»Du hast dich gut ausgeruht«, sagte Ursa gereizt, der Kit den Weg abschnitt. »Du hast sowieso nicht viel zu tun. Aber jetzt beeil dich.« Er sah zur Sonne, die bereits die Hälfte ihrer morgendlichen Bahn zurückgelegt hatte. »Wir wollen doch unsere ... Verabredung nicht versäumen.«

Kit sah unwillkürlich erneut zu El-Navar, doch der Karnuthier hatte sich nicht gerührt, ja, noch nicht einmal zu ihr hergesehen. Es sah aus, als würde er schlafen oder als wäre er tot, als wenn nur seine Augen lebten, die den Horizont absuchten.

Verdammt sollst du sein, dachte Kit kalt.

Während die anderen warteten, kümmerte sie sich um Cinnamon. Dann steckte sie – nur für alle Fälle – Gilons kleines Schnitzmesser ein. Minuten später hatte Kit sich schon auf die Fuchsstute ihres Vaters geschwungen und ritt als letzte der Söldnergruppe los, deren Mitglieder in weitem Abstand bereits dahinzogen. Heute ritt El-Navar ganz vorn, wenn auch im Sattel zusammengesunken. Die ganze Zeit warf er keinen Blick nach hinten.

Sie ritten über eine Stunde lang zügig voran und waren jetzt auf steilem, steinigem Gelände, das ins Ostwall-Gebirge führte. Kitiara schätzte, daß sie etwa eine Stunde von Silberloch entfernt waren und daß die Straße, die sie gelegentlich unten rechts zu sehen bekamen, die Hauptstraße war, auf der man mehrere Tage brauchte, um diese Bergkette zu umgehen. Sie war noch nie so weit im Norden gewesen, doch von groben Karten wußte sie, daß Silberloch am Fuß der Kette lag, die weiter oben bis auf vereinzelte Stellen praktisch unpassierbar wurde.

Nachdem sie noch etwas weiter geritten waren, kamen sie an ein wahres Labyrinth von Schluchten und Klamms. Sie hielten sich näher an die Hauptstraße, bis dann El-Navar weiter vorn ein Zeichen gab. Er zeigte nach Osten, saß ab, band sein Pferd fest und verschmolz mit den Steinen. Radisson und Trauerkloß ritten weiter, um dann bei El-Navars Pferd zu warten.

Als auch Kit nach vorn wollte, hielt Ursa die Zügel ihres Pferdes fest und zeigte hinter ihnen nach oben, einen steilen Abhang hoch.

»Da rauf«, sagte er, während er seine graue Stute wendete.

Kit folgte ihm minutenlang direkt den Abhang hoch. Ursa ritt weiter Richtung Osten, und Kit folgte ihm, bis sie einen Absatz erreicht hatten, der über das Tal ragte und einen guten Blick auf eine Stelle erlaubte, wo die Hauptstraße sich geschmeidig durch die Felsen wand. Inzwischen konnte sie von El-Navar, seinem Pferd und ihren zwei anderen Gefährten nichts mehr erkennen.

Ursa gab ihr einen Wink, so still wie möglich zu sein. Er machte sein Pferd fest und kroch zum Rand des Felsvorsprungs. Kitiara folgte seinem Beispiel und schlich langsam auf Händen und Knien heran, bis sie beide über den Rand spähen konnten. Unten war niemand zu sehen. Ursa wies sie an, ihm zurück zu folgen, was sie tat, bis sie wieder bei den Pferden waren.

»Das ist die Stelle«, sagte Ursa mit leiser Stimme. »Und das ist deine Aufgabe … » Rasch stellte Ursa ihren Teil des Plans dar. Kitiara hatte die Demütigung am morgen immer noch nicht überwunden.

Trotz machte sich auf ihrem Gesicht breit, während sie zuhörte. Obwohl sie jetzt wußte, was sie bei der Sache zu tun hatte, hatte niemand sich darum geschert, ihr zu verraten, was am Ende für sie herausspringen würde. Oder worum es eigentlich ging. El-Navar hatte sie gestern abend angewiesen, einfach ihren Teil zu erledigen und alles andere zu vergessen. Aber sie war es leid, von allen wichtigen Entscheidungen ausgeschlossen zu werden.

»Was ist, wenn etwas schief geht?« fragte Kit Ursa. »Oder wenn ich euch … helfen … oder retten muß?«

Ursas Gesicht war noch undurchschaubarer als je zuvor.

Als sie ihn zum ersten Mal getroffen hatte, war er sehr ironisch und lustig gewesen, aber jetzt war in seinem eisernen Blick nichts davon zu erkennen.

»Wenn etwas schiefgeht«, fuhr Ursa sie an, »läufst du weg. Du hast eine einfache Aufgabe: Mach deinen Teil und laß dich nicht erwischen. Bleib vor deinen Verfolgern, laß nicht zu, daß sie dich genauer ansehen können. Dann kehrst du um und triffst uns wieder. Mehr hast du nicht zu tun. Wenn du das schaffst, reicht das völlig.«

Kit schwieg und zog einen Schmollmund.

»Wenn etwas schiefgeht, dann denk dran: Du kennst uns nicht, und du bist nie hier gewesen.«

Er klopfte Kit auf die Schulter und stieg auf sein Pferd. Nachdem er es gewendet hatte, warf er ihr noch einen Blick über die Schulter zu. Sein Ausdruck wurde freundlicher, und einen Augenblick lang lag wieder etwas von dem alten Ursa in seinen dunklen Augen, etwas Einmaliges und Warmes. »Viel Glück«, sagte er und winkte beim Fortreiten.

Eine weitere Stunde verstrich. So hoch oben gab es nur wenig Bäume, die Kitiara Schatten spenden konnten. Das Sonnenlicht, das von den Felsen zurückgeworfen wurde, blendete sie; die Hitze war fast zu greifen. Kitiara hörte nur hin und wieder die Geräusche von einem Vogel oder einem Tier, und sie blickte so angestrengt nach unten auf die Stelle, wo die Straße eine Kurve machte, ohne etwas zu sehen, daß vor ihren Augen lauter Punkte flimmerten. Sie kam sich vor wie mitten in einem wirbelnden Schneesturm, wenn alle Farben dem Weiß gewichen waren. Sie wünschte sich nichts sehnlicher, als ihre Augen zu schließen, sich hinzulegen und einzuschlafen, doch sie erinnerte sich, was El-Navar und Ursa gesagt hatten. Sie mußte wach bleiben und ihre Aufgabe erfüllen.

Dann hörte sie, wie jemand näherkam, und duckte sich sofort. Aufgeregt schob sich Kit auf Händen und Knien nach vorne, bis sie gerade eben über den Rand blinzeln konnte. Sie konnten sie bestimmt nicht sehen, weil sie die Sonne gnadenlos blendete. Doch Kit ging kein Risiko ein und blieb unten.

Sie konnte ein Stück von der steinigen Straße erkennen, wo diese zwischen den zerklüfteten Felsen hervortrat. Dort ging die Straße mehrere hundert Meter weiter, verschwand dann wieder in den Felsen, bevor sie endlich wieder ganz in Sicht kam. Den ersten Teil der Straße beobachtete sie genau, denn sie wußte, daß Ursa und seine Söldner hinter den Felsen warteten, die die enge, zweite Kurve verbargen.

Ohne Vorwarnung tauchte ein Berittener oben an der Straße auf. Er trug eine Rüstung, die in der Sonne wie Silber glänzte. Außerdem hatte er einen Helm und eine kurze Lanze mit einem lila Federbusch. Er war offenbar auf der Hut, als er langsam ins offene Gelände herausritt. Sein Pferd, ein prachtvoller Fuchs, tänzelte nervös. Aber der Anführer mit dem Helm behielt sein Tempo bei. Dicht hinter ihm folgten weitere Männer zu Pferd.

Bei den Göttern, es waren über ein Dutzend Reiter in voller Rüstung und dabei schwer bewaffnet. Einige trugen farbenprächtige Uniformen, andere einfache Kleider. Die Männer mit Rüstung hatten ausgezeichnete Waffen, während die anderen, die wahrscheinlich Landarbeiter waren, Speere trugen.

Dieser beeindruckende Trupp war den Vieren, die ihm auflauerten, an Zahl und Bewaffnung weit überlegen. Erschrocken fragte sich Kitiara, ob sie Ursa und den anderen irgendwie ein Zeichen geben sollte. War ihnen klar, mit wieviel Männern sie es aufzunehmen hatten? Hatten sie die ganze Zeit geplant, einen solchen Gegner zu besiegen? Kit stieß einen leisen Überraschungslaut aus, als sie eine Gestalt in der Mitte der Gruppe ausmachte, die auf einem blassen Rotschimmel ritt, dem besten Pferd von allen. An dessen schmucken Sattel war eine kleine, verzierte Kiste gebunden, die – wie Kit vermutete – das begehrte Objekt enthielt.

Der Reiter dieses Pferdes war jung und schlank. Er hatte einen Schnurrbart und kurze, schwarze Haare und war unbewaffnet. Gekleidet war er in eine schwarze Herrenweste und eine weiße Spitzenbluse, und selbst von hier oben, aus einer Entfernung von mehreren tausend Schritt – besonders auf eine solche Entfernung –, erkannte Kitiara, daß man ihn leicht mit ihr verwechseln konnte.

Sie duckte sich noch tiefer und sah zitternd zu, wie die ersten Reiter hinter der Kurve verschwanden. Der Rest des Gefolges kam einzeln nach. Scheinbar endlos – in Wirklichkeit vielleicht nur einige Momente – herrschte gespannte Stille. Die Reiter würden etwa fünf Minuten brauchen, bis sie um die Kurve waren, schätzte Kit. Doch die Stille hielt an, bis Kitiara glaubte, sie müßte schreien. Es war, als würde alles schweigen, die Vögel, die Tiere, sogar der Wind. Kitiara verrenkte sich den Hals, konnte aber nichts erkennen.

Plötzlich ringelte sich vom Boden eine Staub- und Rauchwolke hoch. Die Wolke reichte nicht ganz bis zu ihrem Ausguck, so daß sie von oben auf sie herabsehen konnte. Sie hatte eine ungewöhnliche, perlweiße Farbe, die im Sonnenlicht fast durchsichtig aussah, doch innendrin schwirrten kleine, pechschwarze Teilchen herum.

Während sie noch staunte, knisterte die Wolke, und jedes der kleinen, schwarzen Teilchen brach auf. Soweit Kitiara erkennen konnte, stiegen an die tausend schwarze Krähen auf, die krächzten und kreischten und in einer so dichten, entsetzlichen Masse herumflogen, daß Kit die Augen zukniff und die Arme in die Luft warf, um sie abzuwehren. Ob sie echt waren oder nur Illusion, wußte sie nicht, doch als sie nach einigen Sekunden wieder die Augen aufschlug, waren sie allesamt verschwunden. Als sie hinunterschaute, sah sie, daß die perlweiße Wolke sich ebenfails aufgelöst hatte.

Während dieses Vorfalls hatte Kit vage mitbekommen, daß unten geschrien, geflucht und gekämpft wurde. Sie meinte, Ursa hätte etwas gerufen. Sie hörte Stöhnen und Todesschreie und hoffte, daß El-Navar nicht unter den Sterbenden war.

Unter ihren Augen kamen mehrere der Ritter und Feldarbeiter um die Kurve herum geritten, wo sie offenkundig verwirrt haltmachten, als wäre etwas, das sie gejagt hatten, auf einmal verschwunden. Zwei oder drei von ihnen waren verwundet und bluteten. Verdächtigerweise fehlte der junge Edelmann, und Kitiara überschlug schnell, daß von der ursprünglichen Zahl Männer etwa die Hälfte fehlte.

Wie Ursa und seine Männer entkommen waren – falls sie entkommen waren –, wußte Kitiara nicht, aber das hier war ihr Einsatz.

»He da!« rief sie mit der tiefsten Stimme, die sie zustande brachte. Sie stand auf dem Felsvorsprung, wo sie für die dort unten deutlich sichtbar war, und winkte mit den Armen. Auf den aufwärts gerichteten Gesichtern konnte Kitiara die Verwirrung darüber sahen, daß ihr Herr so weit oben und so fern war. »Hier hoch!« rief sie. »Schnell!«

Dann fegte Kit außer Sichtweite, um auf die wartende Cinnamon zu springen. Nachdem sie einen Moment gelauscht hatte, registrierte sie zufrieden Stimmengewirr und dann Hufgeklapper auf der Straße. Sie wußte, für den Aufstieg würden sie eine Weile brauchen.

Sie hetzte Cinnamon die Serpentinen eines wenig begangenen Pfads hinauf, der noch höher in die Berge führte. Zweige peitschten Kit ins Gesicht. Scharfe Felsvorsprünge kratzten ihr die Beine auf. Einmal geriet Cinnamon ins Stolpern, und Kitiara mußte absteigen und sie am Zügel ziehen, um die Stute wieder in Gang zu bringen. Kleine Tiere schossen vor Kit über den Weg. Ein ärgerlich kreischender Habicht flog auf.

Nach ein paar Minuten stieg Kitiara ab und suchte sich, noch keuchend vor Anstrengung, eine neue Felsnase, die einen guten Blick über das Gelände unter ihr versprach. Sie wartete. Kurz darauf kam die Gruppe bewaffneter Ritter und Arbeiter in Sicht. Sie sahen sich um, blickten über den Rand und dann nach oben. Als sie nichts entdeckten, begannen sie, miteinander zu streiten.

»He da!« Kit stand wieder auf, winkte wild und sah die überraschten, argwöhnischen Mienen der Männer, als diese sie erblickten. Einer von ihnen schrie ihr etwas zu, was sie nicht verstand.

»Sie sind hier oben! Ich habe einen gefangengenommen. Die anderen –« Kitiara fand es ganz geschickt, den Satz abzubrechen und gleichzeitig zu verschwinden. Sie lauschte kurz und hörte, wie sie sich wieder stritten. Sie wußte, einer oder zwei würden vielleicht zurückbleiben, aber selbst wenn die anderen nicht mehr davon überzeugt waren, daß sie ihr junger Herr war, konnten sie die Chance nicht verstreichen lassen, sich durch ihre Ergreifung zu den anderen Wegelagerern führen zu lassen.

Als Kit Cinnamon wieder bestieg, hörte sie unten die Pferde schnauben und wiehern, bevor sie ihr wieder den felsigen Hang hinauf nachkamen. Sie sah sich um und wählte einen anderen, noch schmaleren und gefährlichen Pfad, der sich nach oben schlängelte. In diesen Bergen konnte sie endlos Haken schlagen und irgendwann die anderen abschütteln, die nicht umkehrten. Sie mußte sich bloß von Silberloch fernhalten, und sie durfte sich nicht verirren!

Stunden später und ein Dutzend Meilen nordöstlich ihres Ausgangspunkts war Kitiara sich sicher, daß sie ihre Verfolger los war und keinen Grund mehr hatte, vorsichtig zu sein.

Bei einem Flußlauf hielt sie an und freute sich über die willkommene Erfrischung. Dann schöpfte sie Wasser und kippte es sich über den Kopf. Cinnamon senkte den Kopf und trank neben ihrer Besitzerin. Kitiara riß sich den Schnurrbart ab und warf ihn ins Gebüsch. Dann gestattete sie sich eine kurze Erholungspause, in der sie auf dem Rücken lag und die Strahlen der bereits absteigenden Sonne genoß.

Kitiara rechnete mit etwa zwei Reitstunden bis sie den Treffpunkt wieder erreichte. Das würde deutlich nach Einbruch der Dunkelheit sein.

Es waren wirklich fast zwei Stunden vergangen, als Kitiara

sich dem Lagerplatz der letzten Nacht näherte. Müde und wund hing sie im Sattel, denn sie war viel erschöpfter, als sie gedacht hätte. Auch Cinnamon lief nicht mehr leichtfüßig, sondern schleppte sich regelrecht über den Waldpfad.

Als Kit sich dem Treffpunkt näherte, sah sie überrascht, was dort alles herumlag – zerrissene Kleider, kaputte Waffen, ein paar Münzen, etwas Schmuck und Holzstücke, die zu der Schatzkiste gehört hatten, die Gwatmeys Sohn dabei gehabt hatte. Sie bemerkte auch Spuren, die vom Weg wegführten.

Kit war auf der Hut, saß ab, zog ihr Messer und drang langsam ins Unterholz vor. Dort sah sie, daß Büsche und Zweige zertrampelt waren und daß diese Spur weiter in den dichten Wald führte. Tief gebückt folgte Kitiara dem Trampelpfad. Gleich würde es dunkel werden, doch sie war hellwach, und ihr Atem ging schnell.

Schließlich stieß Kit auf eine zertrampelte Gestalt, die mit dem Gesicht nach unten auf der Erde lag. Sie war der Länge nach ausgestreckt, als wäre sie davongerannt und dann mit solcher Gewalt niedergestreckt worden, daß sie nicht wieder hochgekommen war. Erschrocken blieb Kit stehen, um sich rasch umzusehen, doch sie entdeckte und hörte nichts.

Vorsichtig näherte sie sich. Dann drehte Kit den Körper mit wachsendem Entsetzen herum. Sie hielt die Luft an, als sie den Menschen erkannte, der ihr zum Verwechseln ähnlich sah – den jungen Edelmann mit seinen kurzen, schwarzen Haaren und dem dünnen Schnurrbart. Gwatmeys Sohn, der Mann, den sie verkörpert hatte. Er war tot.

Schlimmer als tot. Seine Vorderseite war in Fetzen gerissen, so daß Teile der Eingeweide heraushingen und an jeder Wunde das Blut geronnen war. Er sah aus, als hätte ein wildes Tier ihn zerrissen und dann – bei diesem Gedanken zuckte Kit zusammen – halb aufgefressen. Nur sein friedliches, schneeweißes Knabengesicht war anscheinend unberührt.

Es war das erste Mal, daß Kit einen Toten aus solcher Nähe

sah. Es war das erste Mal, daß sie selbst für einen Tod verantwortlich oder zumindest mitschuldig daran war. Sie fühlte weder Bedauern noch Mitleid, sie war nur schockiert und hatte Angst.

Nachdem Kitiara zurückgetaumelt war, verlor sic völlig die Orientierung. Sie drehte sich um, rannte los, fiel hin, sprang auf, rannte weiter – wohin, wußte sie nicht –, wobei sie mit einem Arm Zweige aus dem Weg stieß, während sie mit dem anderen ihre Augen schützte. Sie konnte ihr Pferd nicht finden. Sie konnte nicht atmen. In der rasch hereinbrechenden Dunkelheit konnte sie nichts mehr sehen. Wieder stolperte Kitiara, aber dieses Mal stand sie nicht wieder auf. Sie lag einfach da und schlief ein.

Kit lag mit dem Gesicht zum Himmel auf der Erde.

Sie träumte von einem jungen, reinen und schönen Gesicht, das nicht zu seinem verstümmelten Körper gehörte, einem Gesicht, das ihrem eigenen auffällig ähnlich sah.

Im Unterholz war ein Knacken zu hören, und Kit spürte, da mußte irgend etwas sein. Noch bevor sie richtig wach war, wußte Kit, sie war nicht länger allein.

Sie versuchte, sich aufzusetzen, doch eine Hand auf ihrer Brust stieß sie zurück, und als sie die Augen aufschlug, sah sie Ursa. Er legte den Finger an die Lippen und flüsterte: »Pst. Sei ganz still.« Er hockte gebückt neben ihr, und seine Blicke schweiften zwischen den Bäumen hin und her.

Es war stockdunkel; Mitternacht war bereits vorüber. Die Luft hatte sich abgekühlt. Kit bemerkte, daß ihr Pferd und das von Ursa in der Nähe festgebunden waren. Zwischen den Bäumen konnte sie nicht sehr weit sehen. Für Kits Ohren hörte sich ihr eigenes schnelles Atmen laut an.

Nach endlosen Sekunden ließ Ursas Griff nach, und Kit konnte sich aufsetzen. Sie versuchte, sich zu sammeln und sich daran zu erinnern, was geschehen war und wie sie hierher gekommen war. Ach ja, ihr fiel alles wieder ein: Der Hinterhalt, das Täuschungsmanöver, der Rückritt, und wie sie dann ... den verstümmelten Körper des jungen Edelmanns gefunden hatte.

Obwohl Kit wahrscheinlich nur ein paar Stunden geschlafen hatte, fühlte sie sich wie neugeboren. Sie hatte keine Angst mehr, sondern war richtig zuversichtlich. Sie sah sich nach den anderen um. Ursa stand auf, um ein kleines Feuer anzuzünden. Sie und Ursa befanden sich in einer kleinen Senke, die von Felsen und Büschen umgeben war. Ein gutes Versteck. Ursa mußte sie hierher getragen und Cinnamon gefunden haben.

»Wo sind El-Navar und die anderen?« fragte sie.

»Warten irgendwo«, sagte Ursa, der ihr den Rücken zukehrte. Seine Stimme klang betroffen. Er war damit beschäftigt, eine Brühe zu kochen – goß Wasser aus einer Feldflasche in eine große Blechtasse, fügte ein paar Zutaten aus den Behältern in seinem Gepäck dazu und hielt dann alles mit einer Astgabel über das Feuer.

Kitiara kam ans Feuer und setzte sich so hin, daß sie sein Gesicht richtig sehen konnte. »Haben sie euch verfolgt?« fragte sie besorgt.

»Dich?« fragte Ursa. Sein Ton verriet überhaupt nichts. »Ich habe sie vor Stunden abgeschüttelt«, erklärte Kit mit einem gewissen Stolz. »Zuerst dachten sie, ich wäre ..., du weißt schon, genau wie du gesagt hast.« Ihr Gesicht verdüsterte sich bei der Erinnerung an den gemeuchelten Edelmann. Falls Ursa das Zittern in ihrer Stimme bemerkt hatte, unterbrach er sie dennoch nicht.

»Aber dann«, fuhr Kit fort, »haben sie mich eine Weile durch die Berge gehetzt. Ich bin immer genau so weit vor ihnen geblieben, daß sie glaubten, sie könnten mich einholen.« Sie mußte etwas kichern. »Als sie dann erschöpft aufgaben, schlug ich einen großen Bogen und kam hierher zurück, wo ich euch treffen sollte. Dann ... » Ihre Stimme brach ab.

»Hier«, sagte Ursa, der ein Stück Stoff um die Blechtasse gewickelt hatte und sie ihr reichte.

»Was ist das?«

»Hat keinen Namen«, antwortete Ursa.

»Schmeckt gut«, meinte Kit, nachdem sie daran genippt hatte. Es schmeckte wie starker Tee, aber nahrhafter. Der Geschmack der Brühe erinnerte an eine Mischung aus Wurzeln und pulverisiertem Fisch. Kitiara hatte nicht gemerkt, wie hungrig sie war.

»Mhm«, machte Ursa nur. Sie wartete, daß er noch etwas anderes sagen würde, aber er saß bloß da und beobachtete sie minutenlang, bis sie die Tasse geleert hatte.

»Wo sind die anderen?« fragte sie wieder.

»Warten irgendwo«, wiederholte er.

»Das hast du schon gesagt.« Jetzt wurde Kit wütend.

Er starrte sie eine lange Minute an. »Sie kommen nicht«, sagte er, »und ich gehe auch bald.«

»Was soll das heißen?«

»Schau mal, sie wollten nicht einmal, daß ich herkomme«, erklärte Ursa schlicht. »Ich bin nur gekommen, um mich zu vergewissern, daß mit dir alles in Ordnung ist.«

»Warum?« wollte sie wissen. »Was soll das heißen? Was ist passiert?«

Er sah sie wieder lange an, bevor er antwortete. Dann stand er auf, um auf und ab zu laufen, ehe er sie ansah. »Ich finde, du hast ein Recht, es zu erfahren.«

»Was zu erfahren?«

Ursa setzte sich wieder, wobei er auf ihre Reaktion achtgab. »Die Zwerge in Silberloch bauen eine Straße durch die Berge. Der Trupp, den wir ausgeraubt haben, hatte ihren Lohn für ein halbes Jahr dabei – genug Gold und Silber, um uns vier für zehn oder sogar zwanzig Jahre reich zu machen.«

»Uns fünf«, korrigierte sie knapp.

Er ging nicht darauf ein.

»Die Straße«, fuhr Ursa ungerührt fort, »sollte zwei Landsitze auf beiden Seiten dieser Bergkette verbinden. Ohne die Straße braucht man Wochen, manchmal Monate, um von einem Gut zum anderen zu kommen. Eine direkte Verbindung würde die Zeit auf eine Woche oder höchstens zehn Tage verkürzen.«

»Ja, und?« fragte Kitiara. Warum erzählte er ihr das alles? Ursa seufzte. »Nun, Kitiara, wenn du ausnahmsweise mal zuhören könntest, anstatt mich dauernd zu unterbrechen ... Es ist immer gut für einen Söldner, etwas mehr über seine Aufgabe zu wissen, als nur wann er kämpfen oder was er stehlen soll. Zum Beispiel wie und warum man etwas macht. Warum brauchen diese zwei Landgüter eine so teure, direkte Verbindung, und was haben wir damit zu tun?«

Kitiara mußte zugeben, daß das eine vernünftige Frage war. Sie schlug einen versöhnlicheren Ton an. »Gut«, meinte sie neugierig. »Weiter.«

»Auf der anderen Seite der Berge wohnt ein reicher Winzer, dessen Felder von Minotauren bestellt werden, die bei Schlachten im Ausland gefangengenommen wurden. Der Winzer ist als Lord Mantilla bekannt, ist aber genausowenig adlig, wie ich Barde aus Silvanesti bin. Die Minotauren kauft er zu hohen Preisen auf Sklavenauktionen. Dieser Winzer hat eine Tochter namens Luz, die sich auf einer Reise zu einer solchen Auktion in einen jungen Edelmann verliebt hat. Der junge Edelmann lebt auf der anderen Seite der Berge. Sein Vater ist ein eingebildeter Waldbesitzer, dessen Familie schon seit Generationen ein weiter Landstrich hier gehört, und dessen Sohn sein größter Stolz ist. Er ist wirklich von Adel, ein ehemaliger Ritter von Solamnia mit dem Namen Sir Gwatmey.«

»Ich verstehe«, sagte Kitiara mit großen Augen. Aber sie verstand gar nichts. Diese lange, nächtliche Erzählung erinnerte sie an jene Geschichten, die ihr Vater ihr immer erzählt hatte und bei denen sie meist eingeschlafen war. Aber jetzt war sie nicht schläfrig, und sie war sicher, daß Ursa auf etwas hinauswollte.

»Nein, du verstehst nicht«, sagte Ursa, wenn auch etwas freundlicher als zuvor. »Noch nicht. Als junger Mann hat der Winzer für den Förster gearbeitet, wurde jedoch schlecht entlohnt und beschuldigt, Vorräte aus dem Herrenhaus gestohlen zu haben. Nachdem er voller Wut davongezogen war, durchquerte er die Berge und gründete sein eigenes Gut, auf dem er ein neues Leben anfing. Das Schlimmste, was ihm passieren konnte, war die Heirat seiner Tochter mit dem Sohn seines Feindes, darum gab er sich alle Mühe, den Heiratsvertrag zunichte zu machen.

Aber das mußte er so tun, daß seine Tochter nichts von seinem Tun mitbekam, denn die hat ihren eigenen Kopf und hätte darauf bestanden, ihren Willen auch gegen den seinen durchzusetzen.«

»Hmmm.« Allmählich fügte sich eins zum anderen.

»Jetzt hat Radisson zufällig einen Bruder, der in Lord Mantillas Haushalt arbeitet. Radissons Bruder wurde beauftragt, eine Gruppe Söldner anzuheuern, die den Lohn abfangen sollten, um so den weiteren Bau der Straße durch die Berge zu stoppen, der Teil des Heiratsvertrags war. Die Lohnkiste war so wertvoll, daß der Förster seine Straße jetzt lange Zeit nicht mehr zu Ende bauen kann, vielleicht sogar nie mehr. Die Zwerge werden nicht weiterarbeiten, wenn sie von dem Überfall hören, und keine andere namhafte Kolonne von Straßenbauern wird den Fehler machen, die Aufgabe zu übernehmen. Keine Straße, keine Hochzeit.«

»Habt ihr die Kiste bekommen?« fragte Kitiara etwas verwirrt.

»Ja«, antwortete Ursa finster. »Drei von ihnen wurden getötet, aber von uns hat keiner auch nur einen Kratzer. Es ist uns gelungen, den Sohn des Edelmanns zu fangen und im Schutz der magischen Rauchwolke, die Trauerkloß zusammengebraut hat, zu entkommen. Dann hast du den Rest der Wachen auf einer wilden Jagd in die falsche Richtung geführt. Soweit ging alles glatt und wie geplant.«

»Aber warum feiern wir dann nicht? Was ist schief gegangen?«

»Etwas, womit wir nicht gerechnet hatten«, sagte Ursa mit bitter verzogenem Mund. »Auf der Truhe lag ein Zauber. Wir konnten sie nicht öffnen. Trauerkloß hat alles Erdenkliche versucht, aber seine Magie ist begrenzt, er kann im Grunde nur Illusionen erzeugen, aber nichts wirklich verändern. Wir haben alles versucht, um Beck – den Sohn des Edelmanns – dazu zu bewegen, uns das Geheimnis des Zaubers zu verraten. Aber Beck Gwatmey erwies sich als eingebildeter Pinsel, der uns weder etwas über die Truhe erzählte, noch davon abließ, uns die ganze Zeit zu erklären, wie er uns einsperren und hinrichten würde.«

Jetzt war Ursa aufgestanden. Er hatte ihr wieder den Rücken zugedreht und sprach mit vor Anspannung tiefer Stimme.

»Ich habe seinen Körper gesehen«, meinte Kit leise.

»Das gehörte nicht zum Plan«, sagte Ursa rauh. »Das war El-Navar, der sich nicht im Zaum halten konnte.«

»El-Navar?« setzte Kit verwundert an.

Ursa fuhr herum und packte sie an den Schultern. »Er ist ein Gestaltwandler, du Dummchen! Weißt du denn gar nichts über Karnuthier? Warum sie in diesen Teilen der Welt nie auftauchen? Sie können sich in blutrünstige Panther verwandeln – können es und tun es, besonders bei Nacht. Das ist ihr wahres Wesen. Sie können nicht schwimmen und haben panische Angst vor Wasser, weshalb sie nie das Meer überqueren. Aber El-Navar wurde in seiner Heimat gefangengenommen und in einem Schiff über den Ozean gefahren. Auf dem Kontinent konnte er seinen Häschern entkommen, und dann habe ich ihn kennengelernt. Meistens kann er sich beherrschen, wenn er zum Panther wird. Er ist ein guter Gefährte. Aber manchmal überkommt es ihn einfach. Er nimmt seine Tierform an und ...«

Kitiara war sprachlos. Mit glasigen Augen kämpfte sie mit der Vorstellung, daß El-Navar sich in einen Panther verwandeln konnte. Das erklärte den merkwürdigen Unterschied zwischen seinem Verhalten bei Tag und bei Nacht.

»El-Navar«, fuhr Ursa fort, »hat sich so aufgeregt, daß er sich vor unseren Augen verwandelte und Beck angriff. Er hat ihn zerrissen und gefressen. Es war unglaublich. So etwas habe ich noch nie gesehen. Bevor wir überlegen konnten, was wir tun sollten, war es auch schon vorbei. Ich weiß auch nicht, ob wir überhaupt etwas hätten ausrichten können, selbst wenn wir es versucht hätten.«

Jetzt machte Ursa eine Pause, denn ihm versagte die Stimme. »Das Komische ist«, fügte er nach einer Weile hinzu, »daß der Zauber auf der Truhe gebrochen war. Was es auch war, der Zauber hing mit Becks Leben zusammen. Als Beck tot dalag, war es auch mit dem Zauber vorbei. Wir konnten die Truhe öffnen, das Gold und das Silber nehmen und so schnell wie möglich vom Schauplatz dieses Alptraums verschwinden.«

Kitiara dachte schweigend nach. Jetzt begriff sie. »Und El-Navar?«

Ursa fuhr wütend herum. »Vergiß El-Navar«, sagte er zornig zu ihr. »Der ist davongerannt. Wir haben ihn eingeholt, aber da war er schon wieder ... Mensch. Mach dir keine Sorgen um El-Navar. Du führst dich auf wie eine liebestolle Kuh.«

»Mit Liebe hat das gar nichts zu tun«, behauptete Kit nachdrücklich. Sie stand auf, um Ursa anzustarren.

Der sah ihr in die Augen. Sie hielt den Blick stand. Nach einem Moment trat er zurück und setzte sich müde hin. »El-Navar geht es gut«, erzählte er ihr ruhiger. »Sie warten ein paar Meilen weiter. Keiner wollte das Risiko eingehen, zum Treffpunkt zurückzukehren.«

»Na, großartig«, schnaubte Kitiara, die sich wieder setzte.

»Dann bin ich also die einzige, die sich noch als Teil der Gruppe betrachtet.«

»Ich bin zurückgekommen«, betonte Ursa. Er schlug die Augen auf, um sie anzusehen, und sie nickte dankbar.

Einen Augenblick herrschte Stille. Sie waren von Schwärze umgeben und sahen sich über das kleine Feuer hinweg an.

»Trotzdem«, fügte er sorgenvoll hinzu, »ist es eine üble Sache. Keiner hat uns beauftragt, Beck zu töten. Sir Gwatmey wird ein Kopfgeld auf uns aussetzen, und ich habe keine Ahnung, wie Lord Mantilla die Nachricht aufnehmen wird. Wenn er schlau ist, sagt und unternimmt er gar nichts. Er haßt die Familie Gwatmey. Aber die ganze Geschichte könnte unter Umständen auf ihn zurückfallen. Und was El-Navar getan hat, könnte darauf hinweisen, daß ein Karnuthier bei uns ist, und jeden seiner Kameraden verraten.«

»Das heißt?« fragte Kitiara.

»Das heißt«, erwiderte Ursa, »daß ich es für das Allerbeste halte, wenn wir uns eine Zeitlang trennen, diesen Teil der Welt völlig meiden und nicht auffallen. Wir lassen Gras über die Sache wachsen. Warten wir ab, was passiert.«

Kitiara dachte darüber nach. »Na schön«, stimmte sie zu. »Gib mir meinen Anteil. Ich wollte ursprünglich sowieso nur bei dieser einen Sache mitmachen.«

»Du hast nicht verstanden«, sagte Ursa, der aufstand und zu seinem Pferd ging, um am Sattel und an den Zügeln herumzufummeln. Er drehte sich um und sah sie an. »Du hast nie zu uns gehört. Wir haben dich nur gebraucht, um den Plan zu vereinfachen, um Radisson zu ersetzen, damit der uns beim Angriff helfen konnte. Du bekommst keinen Anteil.«

»Was?« Kit sprang auf und stürzte sich mit gezücktem Messer auf ihn. Aber Ursa bewegte sich noch schneller und ergriff sie am Handgelenk. Er bog es zurück, bis das Messer ihr ins Gesicht zeigte. Mit der anderen Hand schlug er sie kräftig ins Gesicht. Dann entwand er ihr das Messer und stieß sie weg.

»Sie würden nicht zulassen, daß ich dir einen Teil gebe«, sagte er wie zur Entschuldigung. »Selbst wenn ich wollte.«

Kitiaras Gesicht war vor Wut verzerrt. Sie machte wieder einen Schritt auf Ursa zu, doch der drohte ihr mit dem Messer, und sie wich zurück.

»Wenigstens bin ich zurückgekommen«, betonte er zwischen zusammengepreßten Zähnen. »Ich bin zurückgekommen, um zu sehen, ob es dir gutgeht. Die anderen wollten weiterreiten.«

»Na dann herzlichen Dank«, spie Kit heraus. Sie sah sich nach einer anderen Waffe um, nach etwas, egal, was, womit sie werfen konnte, aber es gab nichts.

Ursa beobachtete sie einen Augenblick lang, bis er sicher war, daß sie wirklich nichts fand. Dann drehte er sich zu seinem Pferd um, band ein langes Bündel los, das in einen dünnen Leinenstoff eingewickelt war, und warf es ihr vor die Füße.

»Was ist das?« fragte sie verächtlich, ohne es richtig anzusehen.

»Mach's auf«, sagte er.

Vorsichtig bückte sich Kit und löste die Schnüre und den Stoff, bis sie eine beschlagene Lederscheide in der Hand hielt, aus der sie ein Kurzschwert zog: beinerner Griff, schwere, geätzte Klinge, Heft und Handschutz mit winzigen, glitzernden Steinen geschmückt. Es war das hinreißendste Schwert, das sie je in der Hand gehabt hatte.

»Gehört dir«, sagte Ursa. »Das ist soviel wert wie ein gutes Pferd.«

»Wieso ich?« fragte Kit mißtrauisch, während sie es ausprobierte.

»Becks Schwert«, sagte Ursa ungerührt. »Offensichtlich von persönlicher Bedeutung, vielleicht ein Erbstück. Das einzige, was wir damit machen könnten, wäre, es zu vergraben. Du kannst es nach Solace mitnehmen; das ist weit genug weg. Du bist die letzte, die bei diesem Auftrag dazugestoßen ist. Keiner weiß, daß du bei uns warst. Du bist sicher – aber ich würde es einige Zeit lang nicht herumzeigen.«

Ursa wartete auf ihre Reaktion. Kit starrte zufrieden auf das Schwert in ihrer Hand, doch als sie Ursa wieder ansah, waren ihre Augen hart und unversöhnlich.

»Du mußtest sowieso zurückkommen, um Beck zu begraben«, sagte Kit anklagend.

Ursas Gesicht wurde stur. »Vielleicht«, erwiderte er. Er wartete, doch als Kit nichts mehr sagte, wollte er aufsitzen. In dem Moment, als er ihr den Rücken zudrehte, wußte Ursa, daß er einen Fehler gemacht hatte.

Der Söldner spürte, wie sich ihm eine scharfe Spitze in den Rücken bohrte. Aus der Wunde tröpfelte Blut.

»Nicht so schnell«, zischte Kitiara.

Langsam drehte er sich um.

Jetzt fuhr die Schwertspitze bis in Brusthöhe hoch und ritzte wieder seine Haut.

»Danke für das Schwert«, sagte Kitiara. »Ich will meinen Anteil.«

»Spiel doch nicht verrückt«, sagte Ursa gereizt.

Kit zuckte kurz mit der Schwertspitze, wodurch sie ihm eine weitere kleine Wunde zufügte. »Ich habe nichts dabei«, sagte Ursa verbissen.

»Dann sollten wir aufbrechen und etwas holen«, beharrte Kit.

»Sie würden dir nie etwas geben«, warnte Ursa. »Sie würden dich umbringen und mich von dir umbringen lassen, falls nötig, ohne auch nur mit der Wimper zu zucken.«

»Was für ein Pech für dich«, sagte Kitiara. Sie stieß noch einmal mit dem Schwert zu, und die Wunde blutete stärker. Doch als sie das tat, überraschte der Söldner sie, indem er mit erstaunlicher Geschwindigkeit zugriff und ihr Schwert an der Klinge festhielt. Sie hatte übersehen – wie blöd! –, daß seine Hand in einem dicken Lederhandschuh steckte. Und obwohl das Schwert tief in das Leder einschnitt, konnte Ursa es fest anfassen und fortreißen, bevor Kit reagieren konnte.

Kit war abgelenkt, und Ursa trat zu und erwischte sie im Bauch. Als sie zusammenknickte, trat er mit dem anderen Bein noch höher und traf sie am Kinn. Sie fühlte ein Knacken und brach zusammen, wobei sie das Schwert fallen ließ. Ursa versetzte Kit einen weiteren, noch gemeineren Tritt in die Seite, ehe sie das Bewußtsein verlor.

Ursa stand über ihr und wickelte seine Hand eilig in einen Fetzen, den er von seiner Tunika abgerissen hatte. Die verbundene Hand blutete heftig, doch der Schnitt war im Prinzip weder besonders tief noch sehr schmerzhaft. Ursa wußte, daß er heilen würde. Auf seinem Gesicht zeigte sich hauptsächlich Ärger. Seine Augen waren kalt und unnachgiebig.

Er hob Becks Schwert auf und wickelte es etwas mühsam wieder in seine sorgfältige Verpackung. Kitiara regte sich nicht.

Ursa schlurfte zu seinem Pferd und stieg steif in den Sattel. Er wollte Becks Schwert gerade wieder in sein Gepäck zurückstecken, als er wieder zu Kitiara sah und seine Meinung änderte.

»Hier«, sagte er mit belegter Stimme zu niemand bestimmten.

Er warf das Schwert neben ihren zusammengekrümmten Körper auf den Boden. »Hast du dir verdient, Fräulein Kitiara«, fügte er hinzu, während er sein Pferd wendete.

Kapitel 8

Stumpfhausen

Als Kitiara mühsam wach wurde, kam sie sich vor, als hätte man ihr ein Schlafmittel verabreicht. Der klopfende Schmerz, der ihr einen Augenblick später bewußt wurde, weckte in ihr den Wunsch weiterzuschlafen. Dann kehrte die Erinnerung an ihre häßliche Auseinandersetzung mit Ursa zurück.

Der Zorn riß sie so abrupt auf die Beine, als würde sie am Seil hochgezogen. Als sie ihre Kleider abklopfte, bemerkte Kit ein langes, schmales Bündel, das zu ihren Füßen lag. Becks Schwert, registrierte sie. Ursa mußte es zurückgelassen haben. ›Wenig genug für meinen Einsatz‹, dachte sie. Das Gesicht von

El-Navar mit seinen Augen wie Diamanten und seinen schwarzen Schlangenhaaren kam ihr wieder in den Sinn. Auch das war geschehen, eine Einweihung, der sie nicht länger neugierig oder zögernd entgegensehen mußte.

Das diesige Morgenlicht enthüllte häßliche Blutergüsse, die sich über Kits Kiefer und Hals erstreckten. Sie betastete sie behutsam. Aber, überlegte sie, die Tochter von Gregor Uth Matar läßt man nicht einfach im Staub liegen.

Kit hob das Schwert auf und band es sich auf den Rücken, bevor sie Cinnamon losmachte und, neben ihrem Pferd herhinkend, Ursas Fährte folgte. Wie sie sich hätte denken können, endete die Verfolgung nach einer schmerzhaften halben Stunde an einem Bach, wo die Spuren aufhörten. Ursa war ein zu erfahrener Kämpfer, als daß ihm kein gekonntes Verschwinden gelungen wäre. Kit wußte, daß sie seine Spur nie wiederfinden würde, und selbst wenn, würde sie unterwegs wieder irgendwo verschwinden.

Als sie so dastand, merkte Kit, wie hungrig sie war. Sie hockte sich ans Wasser und trank mit großen Schlucken. Dann munterte sie Cinnamon mit den Worten auf, daß auf sie am Ende des Tages bestimmt ein warmer, gemütlicher Stall wartete, schwang sich mühsam auf ihr Pferd und brach auf, ohne zu wissen, wohin.

Silberloch lag zehn bis zwanzig Meilen nördlich, doch dorthin wagte sie nicht zu gehen. Die Männer, die sie gejagt hatten, würden dort auf jeden Fall nach ihr suchen.

Aber Kitiara nahm an, daß es unweit von hier im Süden und Westen kleinere Siedlungen geben würde, welche die Straßenbauer versorgten.

Gegen Mittag befand Kit sich in den südlichen Vorbergen, wo sie sich sicher fühlte. Silberloch war einen halben Tagesritt entfernt. Sie befand sich in einer Gegend, wo der Wald spärlicher wurde und das Land scharf zu spitzen Graten anstieg. Weiter westlich wurde das Land karg und unwirtlich. Nicht einmal Söldner würden versuchen, in diese Richtung zu entkommen, dachte sie zuversichtlich.

Kitiara näherte sich ein paar Gebäuden. Kein richtiges Dorf, eher eine hastig errichtete Ansammlung von Zelten, Hütten, Baracken und hin und wieder einem Blockhaus. »Stumpfhausen« stand auf einem Schild. Der Name stammte zweifellos daher, daß die Holzfäller alle Bäume im Umkreis gefällt hatten, so daß nur noch die Stümpfe übrig waren. Ein zusammengewürfelter Haufen Bewohner belebte die matschigen, unbefestigten Straßen. Immerhin gab es mindestens ein Lokal, wo man etwas zu essen und zu trinken bekommen konnte, wie die halb verhungerte Kit sah.

Allerdings gab es da das gewisse Problem, daß sie kein Geld hatte.

Als Kit näher kam, sah sie das Schild »Piggotts Gastliches Haus«. Das Haus war gar nicht so klein, auch wenn das Holz verwittert war und die Farbe schon abblätterte. Wo die Fenster nicht gesprungen oder zugenagelt waren, waren sie schmierig. Der einzige Gast jetzt am Nachmittag – ein alter, graubärtiger Zwerg – stieg wacklig die Holztreppe zum Vordereingang hoch. Er sah aus, als käme er direkt aus einem Faß voll Ruß und Asche.

Nicht zu vergleichen mit dem Wohlbehagen und der Gastlichkeit, die daheim in Solace von Otiks Gasthaus ausging, fand Kit, die kurz vom Heimweh überwältigt wurde. Sie schüttelte den Kopf.

»Anscheinend gewinnen mein zerschundener Körper und mein leerer Magen die Oberhand«, murmelte Kit in sich hinein, als sie abstieg und Cinnamon dorthin führte, wo sie den Eingang zur Küche vermutete.

Nachdem sie ihr Pferd an einen Pfosten gebunden hatte, versteckte Kitiara Becks Schwert unter ein paar Büschen. Dann straffte sie die Schultern und klopfte an die Tür. Sie war fest entschlossen, nicht wie eine Bettlerin aufzutreten. Ein fetter

Mann mit breitem, schlaffem Kinn und einer Schürze voller Fettflecken machte auf. Gemächlich musterte er Kit von oben bis unten. Sein eines Ohr war blutverkrustet und geschwollen, zweifellos ein Andenken an eine unfreundliche Auseinandersetzung. Es sah aus wie ein Blumenkohl.

»Na, du siehst aber ziemlich mitgenommen aus, Frollein. Streit mit dem Liebsten, hm? Ich mag's ja keck, aber nicht unverschämt. Ja, und was kann ich für dich tun?«

Der Mann stand breit in der Tür und seine imposante Gestalt blockierte den Eingang. Kit konnte keinen Blick nach drinnen werfen. Die herausdringenden Essensdüfte waren zwar nicht mit Otiks berühmter Kost zu vergleichen, aber immerhin verlockend genug, um Kit den spontanen Ekel vor diesem Rindvieh herunterschlucken zu lassen, damit sie höflich antworten konnte.

»Ich bin auf der Durchreise und habe unterwegs meinen Geldbeutel verloren. Kann ich mir hier mit irgendwelcher Arbeit eine Mahlzeit verdienen?«

Der Mann nahm eine abschätzigere Haltung Kit gegenüber ein. »Kennst dich in der Küche aus, ja?«

Kit, die sich eher körperliche Arbeit erhofft hatte, sank der Mut, aber der Hunger nagte. »Ja, ich kann abwaschen und zur Not auch kochen.«

Überraschend prompt nahm der Mann Kit am Arm und zog sie durch die Tür. »Das Kochen mach' ich, Madamchen, aber wenn du servieren und abwaschen kannst, dann leg mal gleich los. Die anderen, die bei mir arbeiten, können jede Hilfe gebrauchen. Uns helfen nicht viele Frauen aus, denn die Frauen hier in der Stadt verschwenden ihre Zeit nicht mit Küchendienst. Die haben sich auf lohnendere Tätigkeiten verlegt, falls du verstehst, was ich meine.«

Er legte Kit vertraulich den Arm um die Schultern und schob sie zu einer Ecke eines langen Tisches mitten in der dreckigsten Küche, die Kit je gesehen hatte. Auf jedem freien Plätzchen stand schmutziges Geschirr, Töpfe und Pfannen. Ein riesiger gußeiserner Kessel mit irgend etwas darin blubberte über dem Feuer, so daß es in die Flammen und auf die Herdsteine spritzte. Verschüttetes Wasser, Fett und Essensreste aller Art glänzten auf den Dielen, unter denen ein flacher Kriechboden lag. Durch die Ritzen zwischen den Dielen konnte das meiste von dem Verschütteten nach unten ablaufen. Und aus dem Geraschel unter ihren Füßen schloß Kit, daß nichts davon liegenblieb.

»Ich heiße Piggott, wie in ›Piggots Gastliches Haus‹. He, Mita, bring der Neuen was von der Suppe, die dir da anbrennt«, brüllte Piggott dem schmalen Halbwüchsigen zu, der sich in der Ecke herumdrückte.

Er wandte sich wieder Kit zu. »Du arbeitest in der Abendschicht; dann sehen wir ja, wie's klappt. Ein Teller jetzt, und hinterher soviel du essen kannst. Das ist die Grundregel. Falls dir die Arbeit ausgeht, werde ich mir etwas anderes für dich überlegen.« Er sah sie bedeutsam an, bevor er durch die Tür verschwand, die in die Gaststube führte.

»Was ist mit meinem Pferd?« rief Kit ihm nach. »Ich hab's hinten festgemacht.«

Piggott blieb stehen, um Kit einen Blick über die Schulter zuzuwerfen. »Wenn ich auch noch dein Pferd durchfüttern soll, dann rechne mal damit, daß du auch noch morgen früh bleiben mußt. Ich bin kein Wohlfahrtsverein. Auf die eine oder andere Weise«, er zwinkerte ihr lüstern zu, »mußt du bezahlen, was du kriegst.«

Kit war zu müde, zu ausgelaugt und zu hungrig, um ihm die Schimpfworte an den Kopf zu werfen, die er verdient hatte. Erschöpft sank sie vor dem Tisch auf eine Bank. Der Junge mit dem Namen Mita brachte ihr einen Teller Suppe, den er ihr hinstellte. Kit löffelte sie hungrig in sich hinein, obwohl sie so heiß war, daß sie sich den Mund verbrannte. Immerhin schmeckte es.

Mita hing an der Tischkante herum. Er hatte gelbe Haare, die wie Getreidehalme raschelten, ein pockennarbiges Gesicht und eine rosa Zunge.

»Also«, sagte Kit nach den ersten Löffeln, »wenn du darauf wartest, daß ich dir erkläre, wie gut es schmeckt – es ist gar nicht übel, könnte aber mehr Pfeffer vertragen. Mein Vater hat immer gesagt, im Zweifelsfall mehr Pfeffer. Und Piggott hat recht. Du hast es anbrennen lassen.«

Offenbar enttäuscht zog der Junge seine rosa Zunge ein und drehte sich wortlos um. Als er zum Herd ging, fiel Kit auf, daß er leicht hinkte. Aus irgendeinem Grund erinnerte er sie an Raistlin, wodurch er Kit sofort sympathischer wurde. Es war besser, hier einen Verbündeten zu haben als einen Feind, überlegte Kit ganz vernünftig.

»Ich heiße Kitiara« rief sie ihm etwas umgänglicher nach. »Du bist doch nicht etwa der Sohn von diesem Deppen? Ich hoffe nicht. Ich wäre lieber seine Sklavin als mit ihm verwandt.«

Mita drehte sich zurück und verzog den Mund zu einem schiefen Lächeln. Er war fast so schmierig wie die ganze Küche, aber sein Lächeln war offen und herzlich. »Ich bekomme ein bißchen Lohn und mein Essen. Schlafen tue ich in der Scheune.«

»Heute nacht«, sagte Kit, die sein Lächeln erwiderte, »schlafe ich auch in der Scheune.«

Sie widmete sich wieder ihrer Suppe, von der sie jetzt den Rest herunterschlang. Mita ging nach draußen, um sich für sie um Cinnamon zu kümmern, und als er wiederkam, hatte sich Kit bereits an die Arbeit gemacht und stapelte das Geschirr in einem leeren Holzbottich.

»Hol erst mal Wasser aus dem Brunnen im Hof«, befahl sie. »Bring gleich zwei Eimer, wenn's geht. Wir müssen hier mal richtig aufräumen.«

Mita zögerte einen Augenblick, als ob er mit sich ringen

würde, ob er die Autorität akzeptieren sollte, die Kitiara sich anmaßte. Er war ungefähr so alt wie sie, eher ein oder zwei Jahre älter.

Langsam wurde das Stimmengemurmel im Gastraum lauter, denn die Leute kamen zum Abendessen. Mita zuckte mit den Schultern, nahm zwei Eimer und lief nach draußen.

Bald schrie Piggott Zahlen hinein, und Kit und Mita gaben sich alle Mühe mitzuhalten. Es gab jeden Abend nur ein Gericht, immer irgendeine Suppe, und die Zahlen sagten ihnen, wieviel Teller sie auftischen sollten. Schon kurz darauf waren Mita und Kit damit beschäftigt, die Teller zu füllen, ob sie nun vorher gespült worden waren oder nicht.

»Keine Sorge, keiner erwartet Reinlichkeit, wenn er bei Piggott ißt«, erklärte Mita Kit gutgelaunt, während er mit einem gebrauchten Teller hereinfegte, ihn mit einem schmutzigen Tuch auswischte, welches ihm an der Hüfte hing, und eine Portion für den nächsten Gast auflud.

»Jedenfalls nicht die Leute von hier. Die, die sich beschweren, sind meist Durchreisende und kommen sowieso kein zweites Mal. Das hier ist meilenweit der einzige Ort, wo man etwas Warmes zu essen kriegt.«

Während Kit mit leeren und vollen Suppentellern zwischen Küche und Gaststube hin und her flitzte, hatte sie kaum Zeit, sich vorne umzusehen. Am einen Ende des Raums, bei der Küchentür, stand der Schanktisch, wo Piggott Getränke ausgab und Bestellungen annahm. Unten am Boden standen dicht an dicht bunte Flaschen, und in Augenhöhe waren billige, gerahmte Malereien von verschneiten Berggipfeln und rauschenden Wasserfällen aufgehängt.

Die Kundschaft bestand größtenteils aus Zwergen, und dazu kamen ein paar schmutzstarrende Menschen. Zum größten Teil waren es Bergarbeiter oder Holzfäller; ein paar gehörten zu den Straßenbauern, wie man an ihren reichbestickten Kleidern, den Rucksäcken und den Werkzeuggürteln erkennen konnte. Die Stimmen waren schrill, und wenn Kitiara an den Tischen vorbeikam, konnte sie nur Fetzen der aufgeregten Gespräche auffangen.

»Das war ein abgekartetes Spiel, ein verdammter Trick, wenn du mich fragst ... «

»Es heißt, Sir Gwatmeys Sohn selbst wäre umgekommen ...«

»Ich glaub's trotzdem nicht und werde es erst glauben, wenn ich auf den Beweis spucken kann ...«

»Trink lieber noch einen von dem Zeug da, dann schläfst du ein und machst dir gleich hier in die Hosen ...«

»Gehst du wieder an die Arbeit ... ?«

»Wofür hältst du mich, du Gossenzwerg? Ich laß mich doch nicht an der Nase herumführen ...«

Kitiara spitzte die Ohren, während sie sich unbefangen zwischen den schimpfenden Gästen hindurch schlängelte, denn ihr schenkte niemand große Aufmerksamkeit. Und niemand versuchte, die junge Frau mit dem Verbrechen – oder dem miesen Trick, wie manche sagten – in Verbindung zu bringen, das sie alle in Aufruhr versetzt hatte: dem Überfall auf die Boten mit der Lohntruhe für die Straßenbauer.

»Irgendwer hat sich mit einem Vermögen abgesetzt«, erzählte Mita, als der größte Andrang vorbei war und sie Zeit zum Reden hatten. »Die Zwerge glauben, daß alles getürkt ist, damit sie noch etwas länger umsonst arbeiten. Zwerge sind von Natur aus schlau und mißtrauisch«, fügte er wissend hinzu, »und sie lassen sich nicht gern zum Narren halten.«

»Gab es Verletzte?« fragte Kitiara unschuldig – zumindest hoffte sie, daß die Frage unschuldig klang.

»Nur ein junger Edelmann«, meinte Mita schulterzuckend. »Die Räuber haben ihn gleich umgebracht, allerdings so, als wenn es ein wildes Tier war, was einer der Gründe ist, warum den Zwergen das Ganze verdächtig vorkommt. Eins steht fest: Zwerge arbeiten nicht auf Pump, und diese Straße wird jetzt nie zu Ende gebaut.«

»Wird da nicht Piggotts Wirtschaft drunter leiden?« fragte Kit.

»Ein bißchen«, räumte Mita ein. »Am Anfang. Aber es gibt anscheinend endlos viele Zwerge und Wanderer. Und wer in dieser Gegend eine warme Mahlzeit, harte Getränke und« – er senkte seine Stimme etwas entschuldigend – »weibliche Gesellschaft will, der muß nach Stumpfhausen kommen.«

Kit und Mita hatten Suppe serviert, bis der gußeiserne Kessel fast leer war und Piggott die Küche für geschlossen erklärte. Zu diesem Zeitpunkt war die Zahl der Gäste im Schankraum bereits beträchtlich zusammengeschrumpft.

»Nach dem Essen bleiben nicht viele Gäste«, vertraute Mita ihr an, der in der Küche herumhinkte und leere Teller zum Abwaschen auftürmte. »Piggott tut Wasser ins Bier, und das machen sie auf der anderen Seite vom Dorf nicht.«

»Auf der anderen Seite?« fragte Kit. »Ich dachte, du hättest gesagt, daß es nur hier etwas Warmes zu essen gibt?«

»Das stimmt auch«, sagte Mita, während er abermals die Stimme senkte, »das Wirtshaus da drüben ist ... na, du weißt schon ... wovon Piggott es vorhin hatte. Frauen, die sich an Männer verkaufen. Sogar an Zwerge, wenn sie bezahlen können.«

Mita lief rot an. Kit warf ihm einen verächtlichen Blick zu, denn sie war nicht im geringsten beleidigt oder beschämt. Mita machte sich am Feuer zu schaffen. Piggott war vorne in der Gaststube eingenickt. Es waren nur noch ein oder zwei Gäste da, die über ihren Krügen hockten. Piggott hing durchdringend schnarchend ausgestreckt über einem Tisch.

»Kümmer dich nicht um den«, sagte Mita zu Kit, die an der Tür zu dem großen Raum stand und den fetten Wirt anstarrte. »Meistens wacht er in dem Moment auf, wo der letzte Gast geht, und schließt dann zu. Wir können jetzt verschwinden. Wir haben einen Zwerg, Paulus Zugbrücke, der morgens normalerweise aufräumt. Heute früh ist er nicht gekommen, deshalb sah es hier schlimmer aus als sonst. Komm schon, ich zeig' dir, wo du dich hinlegen kannst.«

Mita führte Kit nach hinten, wo ein kleines, niedriges Gebäude stand, das mehr einem Schuppen als einer Scheune glich. Darin war Cinnamon untergebracht, und neben der Stute war noch etwas Platz. Cinnamon wieherte leise, als sie Kitiara witterte. An der Wand lag ein Haufen frisches Heu, und Kit sah, daß Cinnamon reichlich Wasser hatte. Sie war dankbar, daß Mita an alles gedacht hatte.

»Da sind wir. Ich schlafe in der Ecke da. Ich habe noch ein paar Lagen an die Wand gelegt, um den Wind besser abzuhalten.« Mita wühlte im Heu herum und zog etwas heraus. »Wie ich sehe, hast du eine Decke. Hier ist noch eine. Ist nicht viel, aber du wirst beide brauchen, damit dir warm ist.«

Zum Umfallen müde nahm Kit die alte Decke und warf sie dankbar zu ihrer eigenen. Sie war zu erschöpft, um sich noch Gedanken darum zu machen, wo sie schlafen sollte. Darum trottete sie einfach zu der Ecke gegenüber von Mitas, häufte etwas Stroh zusammen und schlief ein, noch bevor ihr Kopf den Boden berührte.

Kitiara war auf einen Baum geklettert. Von ihrem Versteck aus sah sie gebannt zu, wie El-Navar in seiner Panthergestalt den Körper von Beck Gwatmey zerriß. Plötzlich hielt der geschmeidige schwarze Panther inne und sah nach oben, genau zu Kit. Seine leuchtenden Diamantaugen luden sie ein, herunterzukommen und mitzumachen …

Sie fuhr hoch. In ihrer Nase hing Staub vom Heu. Mita kniete neben ihr und rüttelte sie sanft. »Ich habe dich so lange wie möglich schlafen lassen, aber jetzt steht Piggott bald auf, und wenn du bleiben willst, müssen wir uns fertigmachen, damit wir Frühstück auftischen können«, erklärte er.

Kitiara schüttelte den Traum ab, rieb sich den Schlaf aus den Augen und reckte sich gemächlich. Als sie hinter Mita durch den Eingang blickte, erkannte sie, daß es erst kurz nach Sonnenaufgang war. Mißmutig stand sie auf und klopfte sich das Stroh von den Kleidern.

»Schnell!« drängte Mita, der zur Hintertür hinkte.

Kit beschloß, wenigstens zum Frühstück zu bleiben. Sie hatte kein Geld und noch keine Idee, was sie jetzt machen sollte. Piggotts Haus schien Straßentreibgut aller Art anzuziehen, und vielleicht konnte sie hier neue Gefährten finden. Sie würde versuchen, mit dem gräßlichen Mann eine Art Vertrag zu schließen.

Fast hätte Kit ihre Meinung geändert, als sie in die Küche kam und Piggotts schlechte Laune erlebte. Er fluchte in allen möglichen Dialekten, schmiß Geschirrstapel um und trat gegen den Tisch. Ein junger Zwerg – in Zwergenaugen jung – versuchte, den Wutausbruch des Gastwirts nicht zu beachten, während er systematisch Töpfe, Pfannen und Teller außerhalb von Piggotts Reichweite auftürmte.

Piggott bemerkte Kit und wollte wohl etwas sagen, überlegte es sich dann aber anders. Lieber verschwand er schäumend in den Hinterhof, wo man hören konnte, wie er die Hühner anbrüllte.

Mita schlüpfte einen Augenblick später mit einem Armvoll Feuerholz durch die Hintertür in die Küche. Kit ging hin, um ihm zu helfen.

»Was war denn da eben los?« fragte sie gedämpft, als sie gemeinsam die Flammen anfachten.

»Der Straßenbau ist offiziell abgeblasen«, flüsterte Mita zurück. »Die meisten Zwerge sind nach Thorbardin zurückgekehrt. Genau, wie ich gesagt habe.«

»Der Meister hatte eine gesalzene Rechnung offen, für sich und seine acht Vettern«, warf der Zwerg, der am Geschirrspülen war, über die Schulter ein. »Ist mitten in der Nacht abgezogen und hat schlauerweise vergessen, sie zu begleichen. Heißt Ignius Cinnabar. Ein richtiger Schluckspecht. An seinem einzigen freien Abend säuft er ein halbes Faß leer, und seine Vettern genausoviel – jeder.«

Der Zwerg steckte in einem gefütterten Arbeitsanzug und hatte sich ordentlich mit Spülwasser bespritzt. Seine langen, silbernen Haare waren im Nacken zu einem Pferdeschwanz zusammengebunden. Er hatte hellbraune Augen. Obwohl er dick und arrogant war, wirkte er für einen Zwerg ganz hübsch.

»Früher oder später kommt er zurück«, meinte der Zwerg. »Ignius ist ehrlich; seine Fehler liegen anderswo. Der bezahlt seine Schulden, wenn auch vielleicht erst in ein paar Monaten. Bis dahin kann Piggott schimpfen, soviel er will.«

Kit starrte den Zwerg an, und Mita nahm dies als Hinweis, sie bekanntzumachen.

»Das ist Paulus Zugbrücke. Er ist schon länger hier als ich, und ich bin bald fünf Jahre hier.«

Kit schüttelte dem Zwerg kräftig die Hand. Sein Griff war fester, als sie erwartet hatte, paßte aber zu der Stärke, die aus seinem Gesicht sprach.

»Ich war drüben in Silberloch, als sie das Lager aufgelöst haben«, fügte Paulus erklärend hinzu. »Sie haben auf ihr Geld gewartet, darum konnten sie nichts mehr bezahlen, selbst wenn sie wollten. Aber versucht mal, das Piggott zu erklären. Der glaubt, die ganze Welt wäre nur darauf aus, ihn zu betrügen. Besonders«, er spuckte auf den Boden, um seinen Worten mehr Nachdruck zu verleihen, »Zwerge.«

Dann wusch er weiter ab und räumte das Geschirr zusammen, redete jedoch bei der Arbeit über die Schulter weiter mit Kit und Mita.

»Haben sie einen von den Räubern gefaßt?« fragte Kitiara so unbeteiligt wie nur möglich, während ihr Herz klopfte.

»Nie«, sagte Paulus, »und das werden sie auch nicht. Die sind längst aus dieser Gegend verschwunden. Und auch die, die sie gesehen haben und vielleicht wiedererkennen würden, sind weg. Die Wachen und Arbeiter haben sich schleunigst verzogen. Sie werden für ihr Versagen zur Rechenschaft gezogen, und die Tochter, die den jungen Edelmann nach Abschluß des Straßenbaus heiraten sollte, hat eine hohe Belohnung auf alle Beteiligten ausgesetzt, tot oder lebendig. Es heißt, sie hätte sich irgendwo in einem Turm eingeschlossen und wäre völlig verrückt vor Trauer.«

»Genug geschwatzt!« fauchte Piggott, der unbemerkt durch die Hintertür hereingekommen war. Wütend sah er Paulus an. »Mach du das Geschirr fertig und hör mit dem Gefasel über Zwerge auf. Mita und Kitiara – wenn ich euch heute gnädigerweise ein Frühstück spendieren soll, dann macht euch an die Arbeit. Die Gäste sind schon im Anmarsch.«

Tatsächlich hörte man in der Gaststube Getrampel, das die Ankunft der Gäste verkündete. Paulus setzte angesichts von Piggotts Feindseligkeit eine gleichgültige Miene auf und widmete sich seiner Arbeit. Mita und Kit fingen an, in der Küche herumzurennen und Essen vorzubereiten.

Innerhalb weniger Minuten war alles besser organisiert, teilweise weil Kit sich nicht scheute, den anderen Befehle zu geben. »Paulus, stell das Geschirr nicht so weit vom Bottich weg«, sagte sie zu dem Zwerg. »Und sieh zu, daß du einen zweiten Bottich für die Töpfe und Pfannen findest.«

Der junge Zwerg mit dem Pferdeschwanz tat, was man ihm sagte, obwohl er sie dabei leicht belustigt musterte.

»Mita, so mußt du den Keksteig schlagen.« Kit nahm dem Küchenjungen die Schüssel weg und lieferte eine gekonnte Vorführung. »Und vergewissere dich, daß der Ofen heiß genug ist, bevor du sie reinschiebst, sonst ist es egal, ob du sie richtig vorbereitet hast; dann kommt trotzdem nichts dabei raus.«

Kit haßte diese Art von Arbeit, aber in den Jahren, in denen sie für den Haushalt der Majeres praktisch allein verantwortlich gewesen war, hatte sie gelernt, wie man die Arbeit am besten einteilte und wie man kochte. Auf jeden Fall würde weniger zu tun sein, wenn hier alles vernünftig lief.

In diesem Moment rauschte Piggott in die Küche, den die große Zahl Frühstücksgäste etwas besänftigt hatte.

Trotzdem hatte er rein aus Gewohnheit lospoltern wollen.

Seine Augen verrieten seine Überraschung. Kit nahm den fetten Wirt beiseite.

»Nach dem Frühstück würde ich gern mit Euch reden, ob ich ein Weilchen hier bleiben sollte – gegen Bezahlung.«

Als Piggott sah, wie gut es in der Küche lief, nickte er.

Mita, der die Bemerkung mitbekommen hatte, lächelte in sich hinein.

Piggott erklärte sich einverstanden, Kit zusätzlich zu freier Kost und Unterkunft für sich und Cinnamon jede Woche einen kleinen Betrag zu zahlen.

Etwas Ordnung in die chaotische Küche zu bringen, war für Kit nicht allzuschwer. Mita erwies sich als bereitwilliger und lernfähiger Küchenjunge. Und Paulus Zugbrücke, der ungerührt seine Pflicht tat, leistete gute Arbeit. Mit einem Lächeln und einem Scherz auf Piggotts Kosten konnte Kit die beiden Helfer bei Laune halten, während sie sie zu schnellerer Arbeit antrieb.

Nur langsam konnte Kit etwas Geld sparen, doch falls sie gezwungen wäre, nach Solace zurückzukehren, würde sie sich wenigstens nicht ohne einen Heller zurückschleichen müssen.

Nach einem anstrengenden Tag erwischte sich Kit, wenn sie abends in der Scheune lag, häufig dabei, wie sie an ihr Zuhause und besonders an ihre Zwillingsbrüder dachte. Sie fragte sich, ob Raist in der Zauberschule gut zurechtkam und ob Caramon auch gut auf ihn aufpaßte. Sie genoß diese Woche ohne ihre Geschwister, aber eigentlich war sie schon fast entschlossen zurückzukehren.

Wenn Kit eine Ahnung gehabt hätte, wo ihr Vater steckte, wäre sie dorthin gezogen oder zumindest in die Richtung. Während ihrer ersten Tage im Gasthaus hatte Kit viele Entschuldigungen gefunden, in den Wirtsraum zu gehen, wo sie stets die Anwesenden genau betrachtete. Vielleicht würde sie ein bekanntes Gesicht entdecken – Gregors oder sogar Ursas. Aber nie tauchte jemand auf, den sie kannte.

Hin und wieder kamen grauhaarige Krieger oder umherstreifende Ritter von Solamnia vorbei. Kit drängte sich dann darum, an ihren Tischen zu bedienen. Und wenn sie ein paar Worte wechseln konnte, fragte sie stets, ob sie je von einem gewissen Gregor Uth Matar gehört hätten, dem berühmten Söldner.

Manche hatten von Gregor gehört, jedenfalls glaubten sie es, aber keiner konnte ihr zuverlässig sagen, wo er sich befand.

Nach eine Weile fragte Kit nicht mehr.

Anfangs wurde viel über den Überfall auf Sir Gwatmeys Lohnkistentrupp geredet. Das Wenige, was bekannt war, und die auf nichts basierenden Gerüchte erregten sowohl die Gemüter der Reisenden als auch die der Ansässigen. Aber letztendlich hatte man keinen von den Räubern erkannt, festgenommen oder erwischt. Die Verlobte des jungen Mannes, jenseits der Berge, hatte eine schwindelerregend hohe Belohnung auf die Mördern ausgesetzt – angeblich dreimal so hoch wie der Betrag in der Kiste. Hinter vorgehaltener Hand hieß es, Lady Mantilla hätte sich der schwarzen Magie zugewandt und würde eine ansehnliche Zahl Spione und Zauberer beschäftigen, wenn auch bisher erfolglos.

Kit blieb meistens in Piggotts Haus, denn sie hatte wenig Lust, in Stumpfhausen herumzulungern. Sie hielt es für klüger, keine Aufmerksamkeit zu erregen. Becks Schwert blieb unter ein paar Büschen liegen, wohin sich keiner freiwillig begab.

Einige Zeit später legte sich das Gerede, bis schließlich niemand mehr über den Raubüberfall sprach. Kit gab die Hoffnung auf, Ursa jemals aufzuspüren und den ihr zustehenden Teil der Beute zu bekommen. Die ganze Sache schien ihr immer ferner. Da sie zum ersten Mal seit Jahren nicht für ihre

Halbbrüder zu sorgen hatte und sogar etwas Geld in der Tasche hatte, genoß Kit ihre Unabhängigkeit.

Auch Mitas Gesellschaft trug dazu bei, ihr die Zeit angenehm zu machen. Für sie war der Junge wie ein weiterer kleiner Bruder, auch wenn sie gleichaltrig waren. Obwohl sie den Verdacht hegte, daß Mita ihr gegenüber romantischere Gefühle hegte, war Kit dankbar, daß er nie etwas in dieser Hinsicht äußerte. Rein platonisch schliefen sie jede Nacht wenige Meter voneinander entfernt und fühlten sich sehr wohl dabei.

An einem trüben Nachmittag, als sie zusammen im Hof die Eier von Piggotts Hennen suchten, fragte Kitiara Mita, warum er hinkte.

»Weiß ich eigentlich nicht genau«, sagte er mit gesenkten Augen, »weil sie ein unangenehmes Thema angeschnitten hatte. »Hab' ich schon immer getan. Früher habe ich gar nicht weit von hier bei meiner Großmutter gewohnt. Sie hatte eine Ziegenherde. Wenn ich sie fragte, wie es passiert ist, hat sie mir nicht geantwortet. Sie hat nur den Kopf geschüttelt und irgendwie traurig zur Seite geguckt. Piggott hat vermutet, daß mir bestimmt mal eine große Ziege von ihr aufs Bein getreten ist, und zwar deswegen.«

Mita zog sein Hosenbein hoch, um ihr eine rundliche Narbe an dem verkürzten, rechten Bein zu zeigen, das er schonte. Kit betrachtete die Narbe, war aber kaum davon überzeugt, daß sie von einem Huftritt stammte.

»Was haben deine Eltern gesagt, wenn du sie gefragt hast?«

»Ich hab' sie nicht gefragt. Hab' sie nie gekannt. Ich kann mich nur daran erinnern, wie ich bei meiner Großmutter gelebt habe.«

Kit stand dicht neben Mita, und als ihre Augen sich trafen, hatte sie das merkwürdige Gefühl, er würde gleich versuchen, sie zu küssen. Aber der Moment verstrich. Welch ein Unterschied zu El-Navars dreister Selbstsicherheit, mußte Kit unwillkürlich denken.

Piggott war lange nicht so zurückhaltend wie Mita. Mehr als einmal hatte sich der fette, schmierige Wirt lüstern direkt vor Kit aufgebaut und etwas Unverschämtes von sich gegeben. Aber Piggott drängte nie weiter, wenn Kitiara ihn abblitzen ließ. Er wußte, daß sie stets ein kleines Messer dabei hatte, das sie in ihrer Tunika verbarg.

Das eine Mal, wo Piggott ihr doch zu nahe auf die Pelle gerückt und sein heißer Bieratem ihr ins Gesicht geschlagen war, hatte Kit das Messer gezogen und ihm die Spitze gegen seinen gewölbten Bauch gehalten. »Meine Güte, sind wir aber zugänglich«, hatte Piggott gekrächzt, doch er hatte nicht mehr bedrohlich geklungen, seine Stimme und seine Augen schweiften nervös herum, weil er eine Möglichkeit suchte, sich ohne Gesichtsverlust zurückzuziehen.

Piggott hatte gewöhnlich schlechte Laune. Hin und wieder schlug er Mita auf den Hinterkopf und schimpfte ihn aus. Oder wenn der Zwerg, der zu ihrer Mannschaft gehörte, einen Teller fallen ließ oder zu spät kam, kürzte Piggott allen den Lohn.

Eines Morgens im Spätsommer wachte Kitiara mit dem Entschluß auf zu gehen. Eigentlich nicht wegen Piggott – mit dem wurde sie fertig –, eher weil die Aussichten auf Abenteuer in Stumpfhausen mager waren. Sie hatte genug Geld; sie war lange genug von Solace fortgewesen – jetzt konnte sie nach Hause zurückkehren.

Sie erzählte es gleich Mita, und der überraschte sie mit der Erklärung, daß er mitkommen würde. »Ich habe Piggotts Schikanen satt«, meinte er. »Ich habe eine ganze Stange Geld gespart und gehe mit dir.«

»Was ist mit deiner Großmutter?« fragte Kit. »Wird sie dich nicht vermissen.«

»Ach, die ist vor drei Jahren gestorben«, sagte Mita wie selbstverständlich. »Darum habe ich damals überhaupt bei Piggott angefangen und bin hier eingezogen.«

Kitiara erklärte ihm, sie gehe schließlich nach Hause, um sich um ihre kleinen Brüder zu kümmern, und Mita könne nicht mitkommen und bei ihr bleiben, und in Solace würde es ihm sowieso nicht gefallen. Mita antwortete, daß er sie dann eben einen Teil des Weges begleiten und irgendwo unterwegs nach Süden in Richtung Haven abbiegen würde. Kit zuckte mit den Schultern. Mita wurde so aufgeregt, daß Kitiara sich von seiner Stimmung anstecken ließ und auch ganz begeistert war. Gemeinsam eilten sie in der Scheune herum und packten gleich ihre wenigen Habseligkeiten zusammen.

Als Kitiara und Mita später in der Küche vor der eigentlichen Frühstückszeit herumtuschelten und lachten, landete plötzlich auf Kitiaras Rücken klatschend eine Hand. Sie drehte sich um; Paulus starrte sie ungewöhnlich grimmig an.

»Weiht mich in euer großes Geheimnis ein«, sagte der Zwerg mit dem Zopf, dessen Blick zwischen Kitiara und Mita hin und her wanderte.

Sie erzählten ihm von ihrer beabsichtigten Kündigung, und Paulus überraschte Kit seinerseits durch die Mitteilung, daß auch er kündigen und mitgehen würde. Und wenn Mita sich von Kitiara trennen würde, würde Paulus mit dem Jungen nach Süden ziehen. »Ich kann gar nicht erwarten, was der fette Gauner für ein Gesicht machen wird, wenn wir ihm das sagen«, grinste Paulus.

Schon Minuten später konnten die drei das erleben, als sie Piggott umringten und ihm erklärten, daß sie nach dem Frühstück gehen würden. Der beleibte Wirt wurde puterrot und brüllte sie an, und sie warfen ihm ebenfalls Beleidigungen an den Kopf. Dann änderte Piggott seine Taktik und bat sie flehentlich, wenigstens noch ein paar Tage zu bleiben, bis er neues Küchenpersonal gefunden hatte.

»Wie könnt ihr heute gehen?« bettelte er. »Du, Mita. Wie willst du denn reisen? Du hast doch gar kein Pferd!«

»Ich kauf' mir eins«, sagte Mita stolz. »Ich habe genug Geld gespart, um drei oder vier zu kaufen.«

»Nein«, sagte Paulus großzügig. »Laß mich dir eins kaufen, mein Freund. Ich habe genug Geld für ein Dutzend!«

»Kit, ist das dein Dank? Mita, ich war doch wie ein Vater für dich. Paulus –«

Ihr Lachen schnitt sein vergebliches Betteln ab.

Piggott änderte wieder die Taktik. Diesmal nahm sein Gesicht einen verschlagenen Ausdruck an. Er zupfte an seinem vernarbten Ohr. »Ich sag' euch was«, bot er an. »Ich gebe euch zwei ganze Wochenlöhne, wenn ihr noch zwei Tage bleibt. Mehr nicht. Nur damit ich ein paar Vorbereitungen treffen kann. Zwei Wochenlöhne. Dann sind wir quitt.«

Kit, Mita und Paulus sahen einander an. Das Angebot war zu gut, um es auszuschlagen, und sie konnten die Zeit auf jeden Fall nutzen, um Vorräte einzukaufen und ihre Reise vorzubereiten.

»Abgemacht!« sagte Kit und streckte Piggott die Hand hin. Der nahm sie kühl an, wischte seine hinterher an der Schürze ab und befahl ihnen allen dann in knappem Ton, wieder an die Arbeit zu gehen.

Zwei Tage später, am Abend vor dem Aufbruch, zählte Piggott jedem von ihnen zwei Wochenlöhne in die ausgestreckte Hand, einen ordentlichen Haufen Münzen. Der unversöhnliche Mann hatte während der letzten zwei Tage kaum noch mit ihnen geredet und kam auch nicht heraus, als die drei am nächsten Morgen noch vor Sonnenaufgang aufbrachen.

Kit tat es gut, nach all der Zeit wieder auf Cinnamon zu sitzen. Sie hatte nur die paar Dinge dabei, mit denen sie damals aufgebrochen war, dazu den Geldbeutel mit ihren Ersparnissen und Becks Schwert, das sie aus seinem Versteck geholt hatte. Das Schwert war immer noch eingepackt, doch Paulus' Blick verriet, daß er vermutete, daß Kit eine wertvolle Waffe auf dem Rücken trug.

Mita ritt einen Palomino, den er einem alten Förster abgekauft hatte, und Paulus saß auf einem kleinen Pony. Beide

Pferde waren mit Bündeln und Taschen beladen, von denen sich einige ausbeulten, während andere verdächtig klimperten. Wo Mita sein ganzes Zeug gehamstert hatte, als sie noch zusammen hinten im Schuppen gewohnt hatten, konnte Kit sich nicht vorstellen. Sie merkte, daß sie ihre zwei Freunde anstarrte.

»Alles gespart«, strahlte Paulus, der ihre großen Augen registrierte. Mita nickte mit breitem Grinsen. Kit schüttelte den Kopf und spornte Cinnamon an.

So beladen kamen sie nur langsam voran. Sie waren erst zwölf oder dreizehn Meilen von Stumpfhausen entfernt, wobei sie durch die Berge und den dichten Wald ungefähr nach Südwesten geritten waren, als sie noch früh am Abend das Nachtlager aufschlugen.

Die drei stritten sich, wer das Abendessen zubereiten sollte, und Paulus – der unwahrscheinlichste Kandidat – gewann. Zu Kits und Mitas Überraschung kochte der gescheite Zwerg in der Bratpfanne ein köstliches Mahl aus beidseitig gebratenen Eiern und Wurstscheiben zusammen. Die anderen beiden waren erstaunt, daß Paulus bei Piggott die ganze Zeit nur Teller gespült und in der Küche geholfen hatte, anstatt seine heimlichen kulinarischen Talente zur Sprache zu bringen.

Alle waren voller Übermut und erzählten sich Geschichten. Lunitari kam hinter einer Wolke hervor. Der Wind drehte und frischte etwas auf, und Cinnamon wieherte. Die drei waren so wenig auf einen Überfall gefaßt, daß keiner von ihnen etwas bemerkte, bis Kit aufsah und drei bewaffnete Gestalten genau außerhalb des Feuerscheins stehen sah.

Augenblicklich sprangen Kit und Paulus auf. »Keine Bewegung!« rief eine irgendwie bekannte Stimme. Sie kam von der größten der drei Gestalten, die am schlechtesten zu sehen war. Trotz des Mondlichts konnte Kit nicht viel von diesem Mann in Mantel und Kapuze erkennen. Wenigstens hatte er eine Männerstimme gehabt.

Der eine von den zwei anderen glitt vor, in der Hand ein Kurzschwert. Seine Kapuze war nach hinten gerutscht und enthüllte pechschwarze Haare, spitze Ohren und ein exotisch anmutendes Gesicht. Kit dachte, daß es sich um Wildelfen handeln mußte. Sie hatte bisher erst sehr wenige gesehen und war gegen die ganze Elfenrasse eher voreingenommen, weil sie fand, sie waren weder so geradlinig wie Zwerge, noch so harmlos wie Kender.

Der Kagonesti mit dem Kurzschwert klopfte eilig die drei Wanderer ab. Bei Paulus fand er einen Dolch und einen kleinen, beschlagenen Knüppel, bei Kit ihr verstecktes Messer. Das Bündel mit dem Schwert übersah er, denn Kit hatte es abgenommen und unauffällig unter Cinnamons Satteldecke festgebunden. Bei Mita, der ganz benommen aufgestanden war, fanden sich keine Waffen.

Der andere Räuber lief zu den Pferden, wo Mita und Paulus ihre angesammelten Schätze abgeladen und auf einen Haufen gelegt hatten. Auch er war ein Kagonesti. Die beiden Elfen redeten in ihrer eigenen Sprache miteinander, die Kit unbekannt war, während die dritte, größere Gestalt schweigend – in Kits Augen nervös – im Hintergrund blieb.

Paulus sah Kit an, doch die zuckte mit den Schultern, weil sie nicht recht wußte, was sie machen sollten. Kitiara begann, sich langsam zu ihrem Pferd zurückzuziehen.

Der Kagonesti mit dem Kurzschwert rief Kit offenbar eine Warnung zu, so daß Mita erschreckt zu ihr hin schaute. Doch die Gestalt im Hintergrund rief den Kagonesti in schlechtem Elfisch etwas zu. Für Kit klang es eindeutig nach: »Kümmert euch nicht um sie.«

Der Kagonesti mit dem Schwert wich zu dem anderen Elf zurück, wobei er die drei Freunde genau beobachtete und sein Schwert auf sie richtete. Kit konnte noch ein paar Schritte rückwärts zu Cinnamon machen. Als der Kagonesti seinen Mitstreiter erreichte, drehte er sich halb von den Gefangenen weg, um dem anderen bei der Durchsuchung der Satteltaschen zu helfen.

Jetzt war Kit am Zug. Sie sprang hinter Cinnamon, zog das versteckte Schwert heraus und mühte sich fieberhaft ab, es aus seiner festen Umhüllung zu zerren. Sie hörte den dritten Mann – inzwischen war sie davon überzeugt, daß er kein Kagonesti war – etwas rufen, bevor er mit einem gefährlichen, gekrümmten Messer losstürmte. Kit spähte über den Rücken ihres Pferdes, während sie das Schwert auspackte, so schnell sie konnte; deshalb bekam sie mit, daß der große Mann auf sie zu raste und ihm ein Kagonesti folgte. Paulus hatte sich auf den Boden geworfen. Mita stand wie gelähmt vor Schreck mit offenem Mund da.

Kitiaras Angriff verblüffte sie. Nachdem sie das Schwert endlich frei hatte, kam sie ihnen auf der anderen Seite von Cinnamon entgegen. Der große Mann keuchte laut und trat zurück. Der Kagonesti rannte weiter, so daß Kit von ihrem Pferd weg ins Freie sprang.

Diese Handlung brachte Mita in Bewegung, der mit einem schrillen Kriegsgeheul, das alle überraschte, lossprang. Trotz seines Hinkens gelang es ihm, auf dem Rücken der großen Gestalt mit Kapuze zu landen, die vor Schreck das Messer fallen ließ. Nachdem sein Arm um den Hals des Mannes lag und ihn würgte, riß Mita die Kapuze herunter, wodurch er niemand anderen als ihren fetten, vernarbten, bisherigen Brötchengeber enthüllte.

»Piggott«, spuckte Kit abgestoßen aus. Das hätte sie sich denken können.

Seine Zunge hing heraus, und Piggott gab sich größte Mühe, sich herumzuwerfen, um seinen Angreifer abzuschütteln. Doch Mita hielt sich hartnäckig fest und war klug genug, mit seinem freien Arm auf das verstümmelte Ohr des dicken Wirts zu schlagen. Piggott schimpfte und fluchte unverständliches Zeug.

Dann ging alles so schnell, daß Kitiara es später schwerfiel, alles zusammenzusetzen.

Der erste Kagonesti hatte sie erreicht, und sie wehrte ihn mit Finten und kurzen, schnellen Ausfällen mit dem Schwert ab. Er war ein geübter Kämpfer, doch Kitiaras blanke Klinge schüchterte ihn ein. Sie reflektierte das Mondlicht und funkelte in ihrer Hand, und Kitiara wußte genau, daß der Kagonesti davor Angst hatte, auch wenn er kaum zurückwich.

Der andere Elf war ebenfalls vorgestürmt, um seinen beiden Gefährten zu helfen. Als er die geradezu komisch kämpfenden beiden, Piggott und Mita, erreicht hatte, fuhr der Wirt herum. Der Kagonesti sprang vor und stach den armen Mita in die Seite. Der Junge schrie auf, verlor den Halt und fiel zu Boden.

Kitiara bekam all das nur aus dem Augenwinkel mit, denn sie hatte eigene Sorgen. Der Kagonesti, der ihr zu schaffen machte, erwies sich als zäh. Es war ihm gelungen, sie rücklings gegen einen Baum zu drängen und gleichzeitig ihren immer wilderen Hieben aus dem Weg zu gehen. Jetzt konnte sie nicht mehr weiter zurück, und er kam näher.

Der andere Kagonesti kam ihm zur Hilfe und rief etwas in ihrer unverständlichen Sprache.

Piggott richtete sich gerade auf, um Luft zu holen, als ihm von unten sein eigenes Messer fest und tief in den dicken Wanst gestoßen wurde. Der gräßliche Mann schrie auf vor Pein. Als er sprachlos nach unten sah, schlitzte ihm sein bestes Küchenmesser den Bauch bis hinauf zum Brustbein auf. Paulus umklammerte den Griff.

Der erste Kagonesti beging den Fehler, sich nach dem Geschehen hinter sich umzusehen, und ehe er sich versah, war Kitiara vorgesprungen und hatte ihn tief und tödlich ins Herz getroffen.

Jetzt kam Paulus angerannt, in der einen Hand einen großen Stein vom Lagerfeuer, in der anderen das Messer. Sein Gesichtsausdruck war furchterregend.

Der zweite Kagonesti hatte innegehalten, sich leicht gedreht und hielt jetzt sowohl die junge Frau als auch den Zwerg auf Abstand, indem er sein Schwert mit der Spitze nach vorn vor sich hielt. Er war eindeutig in Panik.

Langsam kamen Kitiara und Paulus näher. Überraschend plötzlich schoß der Elf mit drohend erhobenem Schwert auf sie zu. Als sie den nötigen Schritt rückwärts machten, wirbelte er herum und verschwand so schnell im Gebüsch, daß sie kaum reagieren konnten.

Eine kleine Ewigkeit lang standen Kit und Paulus da und sahen ihm nach, doch sie sahen und hörten nichts mehr. Schließlich ließ der Zwerg seine Waffen fallen.

Nachdem sie den Leichen alles Wertvolle abgenommen hatten, ließen Kitiara und Paulus Piggott und den Kagonesti für die wilden Tiere liegen. Mita hingegen begruben sie so gut wie möglich unter einem flachen Hügel aus Zweigen und Blättern.

»Er war dumm«, meinte Paulus, als er mit vor Trauer zitternder Stimme am Grab stand.

»Nein, er war mutig«, sagte Kitiara.

Sie ritten noch zwei Tage nach Süden, wobei sie Mitas Pferd und all seinen Besitz mitnahmen. Auf einem hohen Paß, wo die Berge sich teilten und zwei Straßen in verschiedene Richtungen abgingen, beschlossen sie, sich zu trennen. Kit hatte Paulus bedrängt, alle Sachen von Mita mitzunehmen, doch der wollte nichts davon hören. Sie war ihrerseits nicht auf das aus, was ihr Freund hinterlassen hatte, so daß sie dort oben dem Palomino des Jungen alles abnahmen und dann das Pferd freiließen.

Von hier aus konnte man in eine enge, tiefe Schlucht sehen, in die Paulus Stück für Stück all die sorgfältig gepackten Taschen und Bündel hinunterwarf, immer so weit wie möglich über die steilen Wände des Abgrunds. Sie konnten sie nicht aufschlagen hören.

»Irgendwie Verschwendung«, sagte Kit.

»Sein ganzes Leben war verschwendet«, antwortete Paulus, der zur Seite sah.

»Wo willst du hin?« fragte Kit, als sie wieder zu Cinnamon zurückging und den Aufbruch vorbereitete.

»Weiß nicht«, sagte Paulus, der bereits aufstieg. »Irgendwo anders hin, das steht fest.«

»Tust du mir einen Gefallen?« fragte Kit ernst. »Erzähl niemandem von, ähm, dem Ganzen hier ..., aber vor allem nicht von meinem Schwert.« Sie griff nach unten und tätschelte die wertvolle Waffe. Die eingewickelte Klinge hing an dem Sattel, den sie Piggotts Pferd abgenommen hatte.

»Mach ich«, sagte Paulus und sah ihr ins Gesicht. »Und ich frage auch nicht, warum.«

»Viel Glück«, sagte sie.

»Viel Glück!«

Paulus ritt als erster los. Sein Verhalten war so unverbindlich wie bei ihrer ersten Begegnung. Kit saß auf Cinnamon da und sah zu, wie der gutaussehende Zwerg mit dem Zopf auf den schmaleren Pfad nach Westen, zur Hauptstraße, verschwand. Nach einer Weile galoppierte sie dann in Richtung Solace los.